Relógio sem sol

Cadão Volpato

RELÓGIO SEM SOL

Este livro foi selecionado pelo
Programa Petrobras Cultural

ILUMI//URAS

Copyright © 2009
Cadão Volpato

Copyright © desta edição
Editora Iluminuras Ltda.

Capa
Eder Cardoso / Iluminuras
sobre *Upward* (Empor) [1929], óleo sobre
cartão [70 x 49 cm], de Vasily Kandinsky.
Peggy Guggenheim Collection, Veneza.

Revisão
Daniel Santos

(Este livro segue as novas regras do
Acordo Ortográfico da Língua Portuguesa.)

CIP-BRASIL. CATALOGAÇÃO-NA-FONTE
SINDICATO NACIONAL DOS EDITORES DE LIVROS, RJ

V896r

Volpato, Cadão, 1956-
  Relógio sem sol / Cadão Volpato. - São Paulo :
Iluminuras, 2009.

  "Programa Petrobras Cultural"
  ISBN 978-85-7321-303-7

  1. Crônica brasileira. I. Programa Petrobras Cultural
II. Título.

09-1186.   CDD: 869.98
                            CDU: 821.134.3(81)-8

19.03.09   23.03.09   011586

2009
EDITORA ILUMINURAS LTDA.
Rua Inácio Pereira da Rocha, 389
05432-011 - São Paulo - SP - Brasil
Tel./Fax: 55 11 3031-6161
iluminuras@iluminuras.com.br
www.iluminuras.com.br

ÍNDICE

Escrever a sombra, 9
Vilma Arêas

Relógio sem sol, 13

Homem sem ouro, 101

ESCREVER A SOMBRA

Vilma Arêas

"Ele está lá e não está, envolto numa nuvem".

Esta frase, que abre a segunda parte de Relógio sem sol, *resume um dos principais procedimentos formais do livro, quando exterior e subjetividade se entrelaçam com naturalidade num horizonte enevoado. Desta forma Cadão Volpato se arrisca, e cada vez mais, na exploração de nosso cotidiano misturado, um segundo antes que se percam pistas esbatidas em "nuvens". O cotidiano, segundo afirma, que deixa cair "tanta chuva, poeira, cinzas e penas" sobre todas as coisas, corrompendo os laços, traindo as utopias. Nesse estrato, conforme é sabido, Manuel Bandeira localizou o profundo de nossa experiência, se é que podemos confiar ainda nesta palavra, que ele opôs ao desejo de exotismo.*

O esforço de registrar motivos sem alarde, destrançando enredos, não é fácil, e impõe ao texto uma espécie de flutuação, uma variação quase imperceptível de batimento e ritmo, fazendo-o planar na corrente dos acontecimentos.

As certezas são poucas e muita a melancolia, sofrida por personagens às vezes descritas como naturezas mortas, frequentemente parecidas — e perseguimos olhos claros e orelhas de abano translúcidas que surgem e desaparecem nas páginas como se fossem cometas. Mas são figuras comuns e patéticas em seu desamparo, em suas relações partidas e atos incompletos, também crianças e bichos em "ninhos tão bem construídos com o próprio cuspe" que pareciam durar para sempre. Um desenho jamais terminado, uma menina que mergulha a mão nas flores para afagar um morto, um cão afastado da ninhada com dias de nascido, a que prendem um relógio de pulso para simular o bater do coração materno. Eles entram e saem como atores num palco mal iluminado, e não se comunicam exatamente, pois são desatentos e mal ouvem o que lhes é dito.

Quase sem recuo para examinar esses personagens, além do sentimento compartido de dispersão — "a vida passa" não é apenas uma frase feita — somos tentados a obedecer a um deles, que alimenta "a firme convicção/.../ de que algumas coisas não devem ser abertas para se ver como é que funcionam –melhor deixar como são".

Apesar disso algo puxa o movimento, talvez como o andar de Stella, "aura móvel", que "vem vindo devagar, do jeito que sempre anda, a passeio...", para contornar o ponto inflamado do livro: o peso de recordar a história, a nossa, pós 1964, e dentro dela as vidas particulares que se viram como podem para suportar o desmantelo. Exemplos: um radical de esquerda que se transforma num político da situação, uma mulher que se dedica a ajudar crianças órfãs de uma favela, que surgem e desaparecem, ou são mortas e, o mais comum, o sentimento de extravio, quando o caminho parece "o princípio de nada" e o céu estrelado mete medo "com seus dentes brilhantes".

Quanto a isso, a epígrafe, vinda de um poema dos anos negros da Inquisição portuguesa, e que fala do "relógio sem sol" e do "homem sem ouro", cai feito uma luva, assinalando as duas partes do livro.

Não espere o leitor um "tom pomposo" no relato entrecortado dessas vidas, nem análises acadêmicas ou denúncias abertas. O sentido nos vem no recolhimento, nos tons opostos de fatos e sentimentos contados, da luz e da sombra que convivem nas páginas, sem exclusão da paisagem. O céu amarelo do morro e a foto de Camilo Cienfuegos *"no meio de uma das frases que perdi"* versus as cores misturadas do entardecer à beira-mar: *"o azul pálido, o verde e o lilás"*, uma estrela solitária que surge, a garça branca que levanta vôo e uma criança que acena agachada na carroceria de uma caminhonete que passa, levantando poeira.

Era o começo *"da lenta queda do sol dentro do mar"*.

RELÓGIO SEM SOL

Para Tomás e Helena
e Dani
Lívia, Dante, Antonio,
e meus pais dançarinos

"Que relógio sem sol, homem sem ouro"

Joaquim Fortunato de Valadares Gamboa, 1791

Numa noite quente de verão sem estrelas, ela caminha devagar até a entrada do edifício. Só quando desaparece atrás da porta, que fecha macia atrás dela, o motor do carro é desligado, os faróis se apagam.

O motorista deita a cabeça no encosto do banco e fica batucando distraído no volante, até a buzina tocar. Então leva um susto, encolhe-se no escuro e olha em volta para ver se alguém notou. Ninguém passa pela rua. Há uma escola na calçada do outro lado, de muros pichados com signos incompreensíveis. Um salgueiro imóvel esconde um pedaço de muro debaixo da cabeleira.

Um carro de polícia chega de mansinho e estaciona em frente ao portão da escola, apagando as luzes. Os dois policiais não veem o motorista dentro do outro veículo. Por via das dúvidas, ele resolve sair. Fecha a porta, enfia o molho de chaves no bolso e segue assobiando na direção das luzes da esquina, tilintando dentro das calças.

Na esquina há um bar de mesas na calçada, poucos fregueses, uma tabuleta com o prato do dia escrito em giz, um anúncio antigo de cerveja, a que o imperador tomava. Ele se senta na mesa mais afastada e espera. Quando o garçom aparece, ele pede a cerveja antiga do anúncio. Como não costuma beber, pode ficar enrolando o tempo que for necessário com uma única imensa garrafa na sua frente.

Ele batuca na mesa.

Ao voltar, ela não saberia onde ele estava, mas seria vista de onde ele estava. Só que ele já não enxerga tão bem. Fica cada vez mais difícil enxergar, mesmo fora das sombras. Ainda mais sem estrelas, debaixo das luzes mortiças da rua. Lembra-se dos monitores de fósforo verde dos computadores antigos. Havia passado por isso. E tinha cabelos na ocasião. Agora é um ser peludo e calvo, de dominantes cabelos brancos. Que trabalha num computador moderno, mas prefere desenhar à mão, o nariz colado no papel.

Ele é bem mais antigo que os computadores de fósforo verde. E esse é o ano dos seus 50 anos. Sente que tudo está começando outra vez, mas não consegue enxergar os indícios escondidos. É um começo difícil.

Dois homens sentam-se na mesa ocupada por um outro. São cabeludos e usam rabo de cavalo, suas cabeças são brancas e calvas. Ambos estão cabisbaixos, um deles levanta o queixo, abre a boca e boceja, seus dentes são muito ruins, uma lágrima fica pendurada no seu olho vermelho. O outro solta o rabo de cavalo, sacode os cabelos, guarda o elástico no pulso e aninha uma das mãos na outra, tudo isso ao mesmo tempo em que também abre a boca, contaminado pelo bocejo. O homem que já estava sentado antes deles é negro, usa óculos, fios brancos enfeitam seu alto black power, que escapa de uma touca vermelha com pompom verde, o conjunto inteiro lembrando uma árvore de Natal, para quem já não enxerga tão bem.

Não dá para ouvir toda a conversa. Alguém morreu, ele ouve a palavra *morte*. E ouve a palavra *poeta* (não gosta da palavra, tem vergonha dela). Vê um deles oferecer um trago para o morto, beber, cuspir e acertar o pé de uma cadeira vizinha.

Eles gostam muito do morto, que tratam de "o filho da puta", mas vão mudar de assunto. "Não era bom, era?", deu para ouvir. *Morreu durante a operação. Estava tranquilo. Do tamanho de um limão.*

Passam a falar do tempo, como em conversa de estranhos.

O homem negro tira os óculos, seca os cílios longos de um olho com um lenço, enquanto o outro olho aguarda, molhado. A árvore de Natal como que se apaga.

Quando ela aparece do lado de fora do portão não precisa fazer muito esforço para notar que ele agita os braços de espantalho na calçada. Ele baixa as asas, envergonhado, o movimento de borboleta atingiu as mesas vizinhas. Ela vem vindo devagar, do jeito que sempre anda, a passeio, e que fica melhor à noite, não se sabe por quê. Ele gosta do seu jeito de andar. Tem a firme convicção, desde pequeno, de que algumas coisas não devem ser abertas para se ver como é que funcionam — melhor deixar como são.

Ela chega devagar e um tanto eufórica, o discurso é o mesmo das outras vezes: *Illo Illo Illo*. Ela chega em meio a outras pessoas que tomam outras mesas na calçada, mas elas não importam — ela puxa o movimento, que fica ainda mais compassado, é uma sensação que sempre permanece quando ela se aproxima. É outra coisa que ele prefere não abrir.

Os homens estão tristes na mesa do morto. Um deles acompanha a passagem da mulher. O homem para o qual ela está indo se chama Miguel e gosta de saber que alguém olha para ela. Esqueceu que os homens olhavam para ela, porque o cotidiano tinha deixado cair tanta chuva, poeira, neve, cinzas e penas sobre ela que agora parecia uma pessoa comum. Só o seu jeito de andar ainda possuía uma aura.

Esse pensamento puxou outro: Stella é bonita ou Miguel é que enxerga um ser diferente andando como se fosse de outra espécie?

De repente, ela está bonita e feliz, feliz toda vez que sai do consultório de Illo. E Illo conhece muito bem Miguel e o decifra melhor do que ele próprio ou ela. E é assim que Miguel se sente toda vez que Stella aparece com sua cantoria *Illo Illo Illo*: um homem nu diante de uma ave canora, que por acaso anda como uma mulher. É assim que ela chega, ajeitando os cabelos atrás das orelhas de abano. Ele também gosta das orelhas de abano.

Você deitou no divã que tem um tapete em cima e te faz voar?

Ele não é o Freud.

Falaram de mim?

Sim.

Ele acha que você deve casar comigo?

Por que sempre pergunta isso? A resposta é: Ele, não. Você também não.

Miguel riu. Tinha um sorriso permanente, mas não era uma ciência, da parte dele. Simplesmente estava ali, dependurado, uma espécie de marca de fábrica. O dela não era engraçado, e deixava antever uma coisa sinistra que estava por vir.

Ela riu também, descruzou os braços, procurou o garçom e pediu um suco. Depois voltou a olhar para ele, e, nesta volta, seu rosto já havia perdido o fogo, embora ainda estivesse iluminado. Ele mantinha o sorriso protocolar, não havia como tirá-lo de lá.

O vento soprava, havia estrelas escondidas atrás das nuvens, se isso servisse de consolo. O movimento cessou. O homem negro continuava chorando, as lágrimas desciam sem resistência. Os outros dois olhavam para cima e para os lados, sem fixar o olhar em nada nem ninguém, apenas mordendo os lábios e pensando na vida.

Mais tarde, na cama, morto de sono, ele ainda tentava se segurar em alguns fiapos das palavras que ela dizia.

Que vai ser bom na praia sem relógio nem telefone, sem mais nada, ainda que você não goste de sair do lugar, e tenho certeza que você vai voltar outra pessoa, um alguém mais leve e de pele bronzeada e dentes mais brancos por causa do contraste, ah, vai ser muito bom para sua autoestima pisar descalço na areia e molhar o pé ou mesmo só olhar as nuvens galopando no céu tão azul, quer dizer, andando muito devagar como tudo por lá, e além de tudo tem o João que é tão branco que parece que nunca tomou sol coitadinho e você tenha pena dele e não mude de ideia na última hora, ele vai adorar correr atrás dos caranguejos e fazer jacaré, e ele ainda não sabe nadar e você precisa ensinar para ele antes que morra afogado. Não quis dizer isso, perdoa, por favor, saia do lugar, promete que você vai relaxar? Vou ficar tanto tempo prostrada na cadeira de praia, será que tem cadeira de praia por lá? Não vou sair por nada só para comer os peixes que você pescar para mim, meu amor, quem me dera. Fale com o João, fale mais com o menino, não deixe ele pensar que o pai é ausente, deixa ele correr à vontade na praia, em geral as crianças ficam loucas na praia, viram outras crianças selvagens que a gente só vê na hora das refeições e que ficam correndo por aí puxando o rabo dos cachorros, fazendo xixi na água, se escondendo atrás dos arbustos, faz um bem incrível para elas, elas crescem de tal jeito que a gente quando percebe está do tamanho delas. Deixa o menino correr e brincar que nem um maluco e vamos comprar umas coisinhas para levar, tem um armazém ali perto para as comidas do ano novo e faremos uma ceia maravilhosa, eu, você e ele e mais alguém que aparecer que a gente conheça ou talvez o próprio pessoal de lá, e leva pouca roupa, sandálias, você, ele, o calção de banho e o guarda-sol ou não, caminhar longas distâncias com todo o tempo do mundo vai ser muito bom pra você, ver passar o ano novo num lugar que é quase deserto e só tem pescadores, cachorros bonzinhos e peixes debaixo d'água e um pouco de água doce e nuvens brancas e você só precisa levar uma peça de roupa branca nova para entrar no ano novo que vai ser muito feliz comigo e o menino também, eu te amo, até amanhã, foi mais ou menos o que ela disse, mas um pedaço ele perdeu.

No primeiro dia de aula de um ano passado, o menino ia pela mão de uma moça grande e rosada muito legal; isso até ele tentar subir sozinho num negócio perigoso e ela chegar perto dele e sem ninguém ver dar um tapinha muito de leve na sua mão, mas que deve ter sido bem aterrorizador, a ponto de ele não querer voltar no dia seguinte nem nos outros dias, embora Miguel não tenha entendido nada nas vezes em que foi com ele, seu esforço em se desvencilhar dos braços da moça, muito sentido, os braços abertos e as mãos suplicantes cheias de covinhas e uma unha suja; e depois, perder o pai de vista era o pior que poderia acontecer, enquanto a moça ficava olhando para ele de soslaio, tentando de todas as formas chegar perto de novo, nem que fosse para dar uma ordem em voz baixa, o que o deixava ainda mais assustado. Ele ameaçava abrir um berreiro e surtia efeito afinal, era um artifício a ser utilizado outra vez, bastava ela chegar perto, isso até que apareceu o primeiro sujeito maior que ele e que se transformou numa ameaça real, encurralando-o virado para a parede cor de laranja, o braço preso atrás das costas perto de se partir, o que era difícil de suportar se não houvesse ninguém por perto, e a parede laranja tinha ranhuras que doíam e estranhos pedaços descascados que ele conferia, o nariz esmagado neles, para só depois descobrir que tinham a forma de estranhos animais, e ainda arrumou tempo para pensar neles e vê-los se multiplicar. Pois então a moça afastou o outro para o lado e se abaixou e o virou para o lado dela, para perto das suas bochechas rosadas, e ele tinha o rosto redondo e doce que cheirava leite e um corpo gorducho, um jeito de espremer os olhos de tal forma que dentro de um ano estaria pronto para usar um belo e horrível par de óculos de aro de tartaruga fundo de garrafa ou coisa do tipo assim bem feia, pois sua miopia só fazia aumentar e seria isso que o pai sem jeito compraria para ele se deixassem. Houve mesmo um dia em que ele fez cocô nas calças e ela o levou ao banheiro e o ajudou a se limpar e também limpou suas grossas e vergonhosas lágrimas cadentes que o pessoal ainda era muito novo para entender, menos um, que entendeu e riu, e eles sentaram em roda para tentar discutir o fenômeno com a ajuda da mulher, que abraçava seu corpo envergonhado. Ela nunca esteve tão arrependida de um tapinha tão leve em qualquer mão de qualquer pessoa que não foi nem de longe qualquer coisa que fizesse algum mal assim. Se fosse no tempo do pai, teria a força de uma régua gigante, pobre João.

Miguel desenha para ele uma coisa que não tem mais fim, um dinossauro que viveu de verdade na China antes do *tiranossaurus rex*, um dragão de crista e talvez emplumado que eles viram primeiro num jornal, em preto e branco. O desenho não vai ficar pronto nunca, mas os dois o carregam para todos os lados, está na prancheta de Miguel no escritório que tem um cemitério no fim da rua, e também no zoológico, na padaria e na loja de antiguidades onde há um carrinho de brinquedo antigo que custa um carro de verdade, uma folha de papel-cartão dentro de uma grande pasta amarela, formas e cores inacabadas, mas a caminho de se transformar num dragão verdadeiro.

João tinha um robô de lego que levou para a escola e um menino mordeu não se sabe por quê. O dente de leite do menino então balançou e isso foi muito interessante de se ver, balançando o dente até aparecer sem ele no dia seguinte e os meninos chocados segurando os próprios dentes e mesmo balançando para ver se caíam também.

A mãe pensou em botar o menino numa escola para aprender chinês. João ouviu e ficou interessado, pois tinha a ver com o dragão.

Ah sei, porque o futuro do mundo é a China, todos falando mandarim e comendo cachorro, o pai disse no táxi. O motorista olhou pelo espelho e respondeu que já tinha comido carne de cachorro. E que era doce.

João teve um cachorro preto nascido em 1999, infeliz cão preto afastado da ninhada com dias de vida, sozinho em casa o tempo todo fazendo suas necessidades por todo lado. Então, obrigado pela mãe, um dia João esfregou o focinho do cão no cocô. O animal dormia com a orelha cobrindo um relógio de pulso, para fingir que era o coração materno. Não viveu mais do que um ano.

E um dia João está sozinho de noite numa praia, ele se afastou do pai um segundo, tem quatro anos, não tem mais cão e está pisando na areia que engole seus pés. Ele para e faz xixi, e só por um segundo olha para cima, enquanto o mar murmura, mostrando apenas o branco das ondas. Por um segundo ele olha para cima, o céu está carregado do pólen de estrelas que se espalha pela Via Láctea, e a imensidão do céu e do mar assusta por um segundo, um terror que se esconderá dentro dele para ser esquecido em seguida, assim como a única viagem que os dois (ou três, ele não se lembra mais da outra mulher), pai e filho, fizeram juntos para a praia, tão feliz que durou não mais do que um segundo.

Miguel desenha a lápis na prancheta, enquanto Pardal foi comprar cigarros na padaria e a assistente está perdida no computador. Miguel gostava de dizer que é do tempo dos monitores de fósforo verde, mas esse tipo de piada envelheceu tanto ou mais que ele ali no escritório, então ele sempre que pode saca o seu desenho de uma gaveta ao lado da prancheta, lotada de objetos que ele chama de instrumentos de trabalho (um Buick 1948 de brinquedo, sem capô, um boneco descascado de cabelo azul, um canivete suíço cheio de ferrugem) e fica quieto, tentando acabar o desenho do bicho que prometeu e nunca termina, levado de um lado para o outro na pasta amarela. Às vezes a assistente para atrás dele, sem que ele perceba, e fica espiando. Acha que o desenho é lindo, mas assim que ele percebe que ela está fungando atrás da sua nuca, escorrega o dragão chinês para dentro da gaveta de onde nunca deveria ter saído.

Ela é bonita de rosto, quando se deixa ver. O cabelo encaracolado cobre toda a sua cara. Às vezes, é uma surpresa vê-la de cabelo preso, não parece a mesma pessoa, e os outros a tratam como se fosse mesmo essa outra pessoa, confiantes nos olhos que conseguem afinal enxergar, e julgam que ela não deveria nunca mais ser a outra pessoa coberta pelo cabelo, sem entender que ela é tímida e isso facilita o seu deslocamento no mundo.

Miguel é meio relutante quanto a novas tecnologias, e a assistente o ensina sempre que pode. É muito paciente, não acredita que ele vá completar meio século, sempre pede para ver sua carteira de identidade. Ele gosta disso e até poderia tentar qualquer coisa com ela, por nada, só que a situação ficaria bem difícil no espaço tão pequeno do sobradinho em que não há lugar nem para pensamentos nem para desenhos feitos à mão. E tudo vai de mal a pior, é o que parece pela falta de serviço, sem nem mesmo pequenas encomendas para realizar, nenhum lay out na última semana, e a cara de preocupação que Pardal não consegue disfarçar, fumando como o diabo e deixando sua salinha esfumaçada de chefe cada vez mais preocupado, tentando aparentar tranquilidade num esgar sorridente. São dois sorrisos sem nexo numa sala pequena de um sobrado, e uma menina de rosto encoberto, de vestido florido e coturnos que Pardal já deve ter levado para a cama em algum ponto do passado recente.

Pardal volta para a sua sala, cabelo em forma de ninho, cada vez menos ruivo, cada vez mais barrigudo e encurvado, e fala ao telefone na sua voz potente, que da sala ao lado se ouve como se estivesse ali. Até reaparecer, fumando como um louco, perguntando o que é que estão fazendo. E Miguel já terá escondido o desenho, a menina apoiará a bochecha na mão à espera de uma ordem. E nada.

Quantas vezes no passado Pardal veio conversando sem chegar ao ponto, dando a entender que estava disposto a lhe oferecer sociedade? Eram velhos camaradas, desde muito antes, quando ainda se chamavam desenhistas, não designers, fazendo tudo à mão. Isso quando os estilistas eram costureiros e colocavam sapatos de plataforma e golas gigantes em mulheres não muito magras.

Eram tão amigos que quase não precisavam falar, muitas vezes nem conversavam mesmo. Então Pardal deixou a faculdade para montar um escritório de desenho. Um dia Miguel bateu na sua porta e pediu emprego, depois de procurar em tudo quanto é lado e descobrir que seus desenhos não se encaixavam em lugar nenhum. Pois Pardal botou fé nele sem nenhuma razão, e passou alguns anos falando em círculos sobre a possível sociedade. Mas sempre que dizia a palavra era num contexto que deixava dúvidas. Miguel nunca soube se devia levar a sério ou não. Ficava no ar. E também não tinha nada o que oferecer em troca. Agora que tudo ia mal, não queria ouvir mais nada, e de fato nunca mais ouviu a palavra sociedade.

Pardal pagava um café, gozava a calvície avançada de Miguel, perguntava de João, mandava lembranças para Stella, e aí se recolhia à sua nuvem de preocupação, encostado no balcão da padaria.

Miguel e Pardal estacionados no balcão, em silêncio. Pardal avançou um passo sobre a calçada, com a xícara de café na mão, e dirigiu o olhar para o fim da rua, para o entardecer em laranja, violeta e azul atrás do cemitério. Depois voltaram para o escritório em marcha lenta.

João está deitado de bruços no piso de tábuas velhas e rangentes. Ele gosta do gemido animal que liberam quando as pessoas pisam nelas, está sem sapatos e desenha um bando de gatos numa cesta suspensa no céu por dois balões coloridos, um gato preto encurralado no alto de uma árvore, um bombeiro subindo uma escada e um carro de bombeiros estacionado embaixo de uma macieira. Miguel e a assistente estão de costas para ele. Pardal aparece e fica espiando por cima dos ombros do garoto gorducho do jeito que se faz nos museus, dois dedos amparando o queixo. Depois vai embora sem ninguém notar que ele passou por ali, o ninho do cabelo ainda mais revolto.

Dobrando a esquina diante da porta do cemitério, Stella vem chegando para buscar Miguel e o filho. Ao ouvir a buzina, Miguel ergue a persiana e olha pela janela. Ela não sai do automóvel, deixa apenas o braço balançando do lado de fora. Ele também gosta dos seus braços, o leme branco e calmo dos seus movimentos, com um sulco estreito e delicado escondido na parte de dentro, bem abaixo do cotovelo, no pulso. Ele desliga o computador e desce com o menino.

João, meio a contragosto, mostra o desenho a ela. Só então Stella abre um sorriso sem cor. Enquanto que Miguel prolonga o seu, ciente de que há um profundo desconcerto no ar, contra o qual ele não consegue fazer nada, a não ser deixar a tabuleta do sorriso aberta. E tudo parece que vai afundando.

Ela decide comer pizza. É muito cedo para comer pizza, a pizzaria mal abriu. Eles entram muito devagar, no ritmo de Stella, e Miguel diminui ainda mais a velocidade para vê-la caminhar. Quase um mês sem sexo, não só porque ela não quer, mas nem tudo está perdido, ele pensa, porque ainda tem vontade de vê-la caminhar. Ela se senta olhando entediada para os lados, nunca para a cara dele ou do menino, e os dois meio ressabiados se escondem atrás do cardápio para escolher o mesmo de sempre, o que a deixa mais irritada ainda.

E ela bufa, deslocando uma mecha de cabelo do lugar. No final, põe tudo atrás das orelhas, e Miguel observa os labirintos dos seus ouvidos, as orelhas de abano translúcidas, rosadas pela luz de um lustre espalhafatoso que cintila no meio do salão, atrás dela.

João come tudo e não fala quase nada. Só Miguel fala, não quer deixar o silêncio tomar conta, e atrita os talheres contra o prato, de propósito, e quer de todas maneiras descobrir onde ela estacionou seu olhar fixo e escuro, e ela na verdade estuda a fundo um retrato de família pregado na parede, homem, mulher e garoto de chapéu de penacho e um Topolino estacionado na paisagem alpina, as montanhas coroadas de neve eterna e uma bola de neve na mão do menino.

João pergunta por que o desenho do dragão chinês não tem mais fim.

Miguel diz que essa é a graça. Quando acabar, o que virá depois?

Ele volta para ela seu olhar de cão. Toca seus pés debaixo da mesa. Ela arrasta as sandálias para trás, recolhendo as unhas pintadas de vermelho.

Foi assim que começou, dois anos antes. Naquela ocasião, segundos depois ela trouxe de volta os pés e ele não sabe de onde tirou todo aquele ímpeto, de tornar a abraçá-la com os pés debaixo da mesa, e ela então deixou que eles permanecessem ali do jeito que estavam, sem olhar para os olhos dele. A eletricidade irradiada pelos pés subia até os cabelos. Eles continuaram assim por um bom tempo, sem se importar com a multidão de outros pés ao redor, que seguiam mansos os seus desígnios pedestres, retorcendo os dedos de preguiça, enroscando-se nos pés das cadeiras, escondendo-se na penumbra. Achavam que só os pés deles é que namoravam, gerando torres de eletricidade até por volta da meia-noite.

Nessa mesma noite eles foram para a cama pela primeira vez.

Ela notou que ele tinha muitos pelos. Que um tremor repentino percorreu o seu corpo no momento de tirar a roupa. Ela achou que valeu a pena ser engolfada daquele jeito, porque afinal era uma surpresa e as cortinas do quarto esvoaçaram, e como era a casa dele e elas eram longas e brancas, diferente de tudo que havia no apartamento bagunçado, ela não pôde deixar de gravá-las na cabeça junto com o tremor e o que ele falou no seu ouvido antes e depois do amor, tão bobo que ela poderia muito bem ter esquecido, mas não.

Ele parecia um tipo de sujeito que não gruda em você, apesar de tudo (ela é que passaria largas temporadas na casa dele, e esqueceria um monte de peças de roupa por todo canto), e quando eles ficaram assistindo televisão na cama e ele falou em *sessão coruja* ela não entendeu nada, não era do seu tempo, mas lembrou de um negócio bem vago que acontecia quando ela assistia televisão de madrugada, o pai virando para ela e dizendo que ela era a sua coruja, por seu olhar fixo e negro abrindo e fechando de curiosidade no meio da noite e por seu sono leve. Ficou calada, satisfeita. Ele tinha um jeito de amar que era muito diferente do que ela esperava e já havia testado. Era cobrir, proteger, botar o que fosse inútil para fora daquela noite, o lixo, o gato e o cachorro, dizer o essencial, deixar que as estrelas tremeluzissem no céu, e que ele tremesse. De certa forma ela ficou assistindo, mas gostava de assistir, era uma coisa acontecendo na vida, afinal, depois de tanto tempo, aquele sorriso dependurado, e no final de tudo ela gozou talvez de tanto rir (porque de repente ele ficou de pé como um primata e guardou o sexo entre as pernas mostrando apenas o púbis de uma mulher) e depois ele segurou sua cabeça entre as mãos de dedos compridos e nódulos grossos e ficou olhando bem fundo dentro do seu olhar fixo, protegido entre as conchas, e o que viu lá dentro fez com que ficasse repetindo seu nome sem parar durante tanto tempo que só foi diminuindo aos poucos e só se faz isso quando se é uma pessoa tão a-fim que talvez possa contaminar a outra, era o que ela pensava ouvindo o eco do próprio nome.

Por isso seria bom os dois se cuidarem: ela não queria ficar grávida assim logo de cara no começo de tudo, e ele já era pai de um menino.

Agora ela tem 38 anos e um relógio faz tique-taque lá dentro. Mas naquele dia, no dia seguinte, ao acordar, estava tudo certo, era o começo de tudo, não importando ainda os pés que eram gelados na realidade, o sorriso de plantão, o menino trazido de presente.

No mesmo bar de mesas e cadeiras na calçada, Miguel espera pelo irmão. David não costuma marcar encontros em bar. É engenheiro, não há nada imprevisível nos seus movimentos, nas suas frases curtas que tendem a voltar para dentro. Ele é barbudo e lento, aos 55 anos. Usa roupas baratas e feias, compradas nas bancas escondidas dos magazines mais populares. Os sapatos, não. Os sapatos são italianos, e ele vive olhando para os sapatos, enxergando-se no seu brilho. Sempre renova o estoque, pedindo para os amigos que viajam, indo ele mesmo (sozinho) a Roma, a cidade que mais ama, o único lugar do mundo em que perdoa a bagunça. Lá, ele é feliz, entre os sapatos nacionais, os gatos vagabundos e as ruínas, os homens de nariz vermelho e as mulheres de penteados leoninos.

Só é feliz em Roma, não conhece outra cidade que consiga disparar o seu coração na mesma medida, bombeá-lo de alegria sanguínea, despentear o cabelo, lustrar o ego refletido nos sapatos.

Para Miguel estava claro que nenhuma notícia boa viria acompanhando David. Enquanto isso, ele se divertia com a ideia de ter descoberto Illo, de tê-lo visto chegando ao lado de uma mulher carrancuda. Ouviu quando ela cantou *Illo Illo Illo*, chorosa, cabelos compridos muito pretos, uma pinta no queixo, os lábios finos. Então era assim o Illo: baixo e careca, lábios grossos e preguiçosos, olhar bovino. Era esse o sujeito que só falava dele. E, no entanto, nem o conhecia. Ou talvez Stella tenha lhe mostrado uma foto, mas não parecia. Ficou observando o homem cujo olhar mal se movia, ouvindo o canto monótono da mulher de pinta negra e dentes amarelos, soprando a fumaça do cigarro que não parava de espantar para o alto e fora da direção de Illo, o pequeno e pelado Illo.

David chegou meio acabrunhado. De fato, não eram boas as notícias. Ele e Solange iam se separar. Ele queria que Miguel contasse à mãe deles. Ela era muito velhinha e Miguel tinha o sorriso de quem nunca levaria más notícias. Se David chegasse com aquela cara ela não aguentaria.

Eram quantos, trinta anos? A primeira e única mulher, dez anos de namoro, desde a adolescência. Duas filhas, Malu e Martina, que não conversavam entre si e conversavam muito com as outras pessoas. Quem são elas?, Miguel se perguntava. Ele, o padrinho de Malu. O olhar da menina era inquiridor, ou triste e tímido. Martina falava grosso, ou suplicava. A casa em que moravam não tinha cor. Só Solange tinha vontade de viver.

E o nome da outra (porque havia uma outra) ainda começava com M. Era uma mulher compacta. O contrário de Solange, alta, cabelos crespos embaraçados e mãos e pernas fortes, munhequeira no pulso esquerdo e coxas de pessoa que corre. Tinha sido jogadora de vôlei. Hoje ainda muito enxuta, era o que Miguel achava. Só os seios eram pequenos. Seu olhar castanho amansava e também desmontava seres e coisas.

A outra era uma menina, não uma mulher. Miguel não queria nem saber quem era, mas ela chegaria dali a pouco e não haveria como escapar. Como aconteceu? Por que ele ficou louco de repente? E Solange? E as meninas? E por que Miguel é quem tinha que contar à mãe?

David não tinha forças para responder. Naquele momento, sua cabeça estava escondida numa casa romana, longe do barulho da rua. Suas pálpebras pesadas às vezes estremeciam. Lá dentro, a menina lembrava um vulto visto na estação do metrô em frente ao Coliseu. Lembrou de um filhote de gato, de cor indefinida, perdido numa ruína que brotara num fim de semana, do mesmo jeito que todas as outras. Ela só não era romana por acidente, ele pensou e riu sozinho.

Afinal, todos se conheceram. Ela era bonitinha e simpática, tomou uma cerveja segurando na mão do namorado. David era uma cidade iluminada, tão fluorescente que o irmão se encheu daquilo e quis ir embora; então os três se levantaram e Miguel deu dois beijos abruptos nela antes de se precipitar para o meio da rua, pois estava a pé. David veio logo atrás, desajeitado, oferecendo uma carona. Quando Miguel deu por si, percebeu que a moça havia sumido.

Devagar, o carro foi deixando as ruas mal iluminadas. David tinha parado de falar, sua cidade dormia. Ele não tinha nenhum lugar especial para ir; aliás, não tinha para onde ir. Suas tralhas estavam encostadas num quarto de hotel barato, perto do centro. Não tinha nenhuma vontade de voltar para lá. Apenas dirigia. Tinha trazido uma lata de cerveja, que abriu no meio do caminho. Ofereceu ao irmão. Ficaram alternando goles barulhentos da bebida, sem conversar. O rádio permaneceu ligado num programa de esportes em que os locutores riam sem parar.

Nenhum lugar especial para ir, no mar de colinas da cidade. Miguel fechou os olhos por um instante e pensou que poderia dormir para sempre. Esse era o peso de recordar a própria história. Pois a história de David disparava uma porção de histórias ao redor, de casamentos que pareciam felizes e ninhos tão bem construídos com o próprio cuspe que durariam para sempre. O mesmo aconteceu com ele. João era um menino de três anos, então, e ainda não entendia muita coisa. Mas sentia: começou a abrir e fechar as narinas como uma pessoa que respirasse mais do que devia. De onde veio esse tique? A mulher ficou feliz em dizer ao marido que era óbvio que ele sabia de onde tinha vindo.

E de repente David, que dirigia debruçado sobre o volante, fez uma manobra perigosa a fim de limpar uma grossa lágrima que desabava do lado esquerdo do seu rosto. Teve que parar o carro afinal, e antes de frear quase em cima da calçada, disse que tudo era uma merda, a vida era uma merda, merda de vida, e desabou soluçando sobre a direção. O que fez disparar a buzina.

Miguel como que acordou e tentou consolar o irmão. Débeis tapinhas nas costas que tinham peso de nada. David gostaria de deitar e dormir para sempre, até o domingo. Depois carregar sua nova mulher no bolso, para longe de tudo, para aquele lugar, logo no começo da próxima semana. Ao abrir as janelas na manhã de segunda, os telhados romanos, e se possível um feriado.

Solange usava calções vermelhos no tempo de jogadora. Era do que Miguel se lembrava. Ele gostava do seu corpo alto, forte e seco, e também dos seios pequenos, os dentes um pouco encavalados, os cabelos crespos de hippie que ficavam bonitos presos. Era uma espécie de pacto entre ele e a beleza deles. Se ela prendia os cabelos (às vezes fazia isso na cozinha, olhando para os pratos que lavava), ele pensava que era para ele, e não se movia. Costumava jantar uma vez por semana na casa deles, e nessas ocasiões deixava-se levar por uma onda quente e longa de encantamento, que ninguém percebia a não ser ela, ele achava. Não tinha importância, desde que nem as meninas nem o irmão plantado nos sapatos italianos vissem.

O tempo, como sempre, não foi bom para ela, não ajudou muito. Duros fios de cabelos brancos e uma secura maior vieram cobri-la. Um esgar no canto da boca, uma respiração mais insistente. E ela teve um problema de saúde. Ficou no hospital e voltou encurvada. Ainda assim, encontrava toda semana os meninos do Trelelê.

Os meninos do Trelelê cresciam e iam embora, e outros apareciam. Era uma ONG que ela visitava toda segunda à noite, num bairro tão distante que era como sair da cidade. Precisava subir um morro, e os meninos do Trelelê não tinham pai nem mãe, era preciso encontrá-los. Solange ia lá para tentar ajudar do jeito que podia. Dava aulas de basquete, não de vôlei (se levantava uma bola de vôlei eles se admiravam pela altura que ela tomava, a exatidão da subida, mas preferiam basquete), e também de orientação sexual. Sabia ouvir. Às vezes ficava só ouvindo. As meninas do Trelelê engravidavam cada vez mais cedo, era um desastre que ela não se cansava de lamentar, às vezes chorando sozinha, às vezes explodindo com todo mundo.

Fazia teatro com eles ou lia, e ler era uma tarefa difícil na quadra mal iluminada em que se reuniam. Os meninos do Trelelê mal sabiam ler, e arrancavam lágrimas dela quando liam em voz alta, o maior esforço do mundo. Ela as escondia. Eles eram negros e compridos, meninos e meninas, e jogavam basquete como astros.

Ela arrancou dinheiro dos amigos para comprar os uniformes. Eram tostões doados meio a contragosto. Muita gente começou a achar que ela estava ficando cada vez mais chata ou biruta.

Ela tentava ganhar os bandidos da região, mas eles apenas passavam espiando de longe, sinistros, a arma escondida atrás da cintura. Às vezes um dos meninos do Trelelê sumia e era um desespero. Podia ser que ele não fosse voltar nunca mais. Aí aparecia algum garotinho remelento de bunda de fora pronto para começar, ou alguma garota de cabelo espichado e sorriso bonito. Eles cresciam rápido, sumiam e reapareciam na pele de outros, toda segunda-feira. O mesmo dia que David escolheu para encontrar a amante, e voltar para casa antes da meia-noite.

Miguel e um pensamento recorrente: a primeira vez que trouxe João para sua casa de pai separado. O olhar curioso do menino, com o brilho desconfiado de alguma coisa lá no fundo. O quarto e os brinquedos novos. E bastou achar os soldadinhos no chão e um tanque de guerra para se sentir em casa. Amava a guerra, era magro e tinha quatro anos.

Havia um parque próximo, onde poderia jogar areia para o alto, untar os cabelos e abrir a boca dos sapatos sem que ninguém reclamasse, e comer só porcaria; também tinha um pai tristonho só para ele, disposto a abraçar por qualquer motivo. Pedrinhas chutadas no meio do caminho. Almoço na padaria. E, dormindo, nas noites de um sábado sim, outro não, um beijo na testa sem nenhum motivo. E gols de domingo, no parque, aprendendo o soco no ar como Pelé 70. E também a patada atômica do Rivellino.

Agora, no avião, a 10 mil metros de altura, o menino vai e vem pelo corredor, sem parada. Está feliz, e por isso levou uma bronca da aeromoça. Stella deixou-se dormir no ombro de Miguel. Só não quer saber de conversa. Se estivessem casados, como seria? Ele devia ter perguntado. Era um assunto que não gostava de retomar, por isso preferia ficar quieto. Era uma piada, no começo, uma coisa bem clara: ele já fora casado e já tinha um filho, não havia por que repetir. Dizia isso com todas as letras. E parecia tão cruel a ela que, desarmada, só poderia acreditar que ele não falava sério. Mas o tempo não deixou dúvidas. Por que perder tempo, afinal? Por isso, até deixar sua cabeça pousar no ombro dele, resistiu um bom tempo. Só que adormeceu, e naturalmente tombou para o lado. Ele a acolheu com todo o cuidado do mundo. Que nada tremesse aquele momento em que ela dormia desarmada. Procurava não se mover, procurava torcer o pescoço sem incomodá-la. E desistiu de dar uma bronca no filho porque ela poderia voltar à realidade de repente, e deixar tudo de novo como estava, uma nuvem de corvos no lugar da cabeça deitada.

O menino também ficou triste, sentado na poltrona, olhando para o nada que acontecia no corredor, o queixo trêmulo apoiado na mão. Ia começar a chorar. Por favor, não chore, pensou Miguel, cochilando. O tempo está ruim para todo mundo.

O penteado de Stella estava diferente. Tinha errado na franja, que cortou em casa. De forma que passou o tempo todo alinhando os cabelos na testa, tentando consertar o estrago. E não havia jeito. Era uma franja errada, parecia mesmo errada, torta e mal feita. Quanto mais ele olhava para ela, e quanto mais ela tentava acertar os fios, com os dedos em rastelo, pior ficava. Ou não. De tanto estudar o novo penteado, ele foi gostando dele cada vez mais, a ponto de amá-lo sem perceber, de ser invadido por um amor que havia esquecido, uma sensação de que o menor tremor poderia atrapalhá-lo e que isso não era permitido, era melhor ficar estático no vento, uma folha imóvel, de ramificações translúcidas, que se quer assim, e chega. Um amor enroscado nos fios do cabelo caído na testa. Melhor não saber como funcionava.

Não adiantou nada, só piorou – a súbita descoberta de que ainda era capaz de gostar dela daquele jeito. Não adiantou. Ela ia acordar e permanecer fria, como se ele tivesse morrido. Assim, preferiu continuar pescando nada nas nuvens, nada que tivesse importância. Ele queria que Stella acordasse num novo dia, de outra forma, feliz com seu cabelo do jeito que estava.

Em alguma praia deserta ao sul da Bahia, o menino sacode um peixe metálico na porta da cabana, cujo retângulo de luz cega o interior. Miguel está deitado numa esteira, reluta em acordar, tudo está acontecendo de manhã. A preguiça é tão grande, ele abre apenas um olho.

Vê João sacudindo o peixe, o corpo todo molhado, os óculos embaçados, uma alegria feita de saltos e respingos. Stella está parada atrás dele. Tudo está como antes, quando eles pernoitaram na cidade, alugaram um carro e percorreram de manhã quilômetros de estrada ruim até ali. Nada havia mudado. Ele ainda estava meio morto. Ele não tinha a menor importância para o andamento do dia. E por isso não se importava mais em ser visível: os pelos tinham se multiplicado, a barba começava a cobrir seu rosto e os cabelos cresciam para os lados. Era o seu aniversário. E eram os 50 anos redondos que ele estava esperando desde o começo do ano, para ver como era. E era assim. Uma data sem importância, até que o menino apareceu na contraluz sacudindo o peixe que o marido da mulher que cuidava das cabanas tinha pescado para ele. Era um peixe de aniversário. O dia, portanto, devia ser diferente. Foi o que ele tentou buscar nos olhos de Stella. Se havia perdão, um punhado de perdão para alguém que fazia 50 anos tão redondos.

Mas não conseguiu enxergar contra a luz. Manteve o sorriso clássico, bastante amarfanhado pelo desgosto dos últimos dias, e saiu do cômodo, esperando encontrar algum gesto amigo nos braços cruzados de Stella, que, olhando para baixo, cavava um buraco na areia com a ponta do dedão do pé. Ela usava uma canga, a canga que ele já conhecia muito bem, de cujos buracos minúsculos vazava a luz do sol, a canga preta de lírios brancos, que enfunava e cobria sua cabeça, e flutuava junto com os cabelos. Ela tem umas imperfeições no corpo, pequenos buracos de celulite na bunda, e um pouco de culotes que o pano esvoaçante descobre, mas para ele não têm a menor importância. Ela veste a canga o tempo todo, quando está de biquíni, e esconde sua brancura.

Ela volta a olhar para eles, e parece um pouco mais simpática, sem no entanto deixar que os seus olhos encontrem os de Miguel durante muito tempo. Prende os cabelos na nuca, suas orelhas translúcidas ficam vermelhas contra o sol. E ele presta atenção até nos diminutos traços azulados que brotam nas cartilagens.

Ela chega mais perto e lhe dá um beijo. Ele consegue segurá-la pela cintura. Enquanto João abraça o pai, o peixe reluz do outro lado, e, desse bloco compacto, feito de três pessoas e um peixe, ela consegue se desvencilhar com o peixe na mão, que leva para a casa da mulher das cabanas. Miguel a segue com os olhos, e uma tristeza quase indiferente volta a tomar conta dele. Não há sol que compense, nem o azul do céu, nem quilômetros de sombra dos coqueiros. Ele quer voltar para a cabana, mas João o arrasta para o mar.

No almoço, o peixe de aniversário, com uma vela em cima. Todos cantam parabéns: João, Stella, a mulher, o marido sentado numa banqueta e uma menina bonita que eles chamavam de Pretinha. Miguel tenta se lembrar, mas não lembra. Não houve outra festa de aniversário, esta é a primeira de toda a sua vida. Ele nasceu perto do Natal.

E não há peixe para todo mundo. Stella, diligente, o divide mesmo assim. Ocupada, não olha para ele. Dão-lhe tapinhas nas costas, ele não cansa de procurar um pequeno sinal na mulher. O fim do ano está muito perto. Parece que um sorriso quase imperceptível está para se abrir.

Na pior das hipóteses, pareceria limpo, pareceria menos com o David de hoje (David tinha sido um homem muito bonito quando jovem). Por isso, foi até o riacho que corria atrás das cabanas e raspou a barba. O que viu no espelho foi um rosto encovado, bolsas debaixo dos olhos. Não parecia alguém que tinha vindo ao paraíso para descansar. Parecia alguém que tinha vindo ao paraíso para morrer. Ele não morreria do coração assim, caindo duro no banheiro coberto de palha. Ele tinha um filho para criar. O filho tinha dobras de gordura em cima do calção. Mas iria emagrecer na praia, comendo peixe e correndo atrás dos caranguejos e dos cachorros. Andando com um cajado, escrevendo o nome na areia; desaparecido a maior parte do dia. A gordura iria embora e Miguel chegaria em casa com um novo menino, menos tímido, mais confiante nas próprias passadas.

De cara limpa, conferindo o queixo liso, Miguel viu Stella no espelho. Ela desaparecia na direção do sol.

Depois de vadiar pela praia, ela entrou na cabana da mulher das cabanas. João apareceu no rastro de um cachorro que latia. O cachorro trazia um pedaço de pau entre os dentes. Miguel foi andando devagar até a cabana, certo de que Stella não ficaria nem um pouco satisfeita em vê-lo por ali. Pretinha estava encostada no vão da porta, com sua sainha de flores, olhando para dentro. Chegando mais perto, Miguel ouviu a voz do marido. Ficou parado ao lado de Pretinha, ouvindo a música de olhos fechados. Depois abriu os olhos e notou que os olhos do velho sumiam das órbitas entre as notas estridentes do violão. Ele beliscava as cordas de aço com as unhas enormes, e soltava uma voz andrógina por entre as gengivas quase vazias. Era um samba de uma nota só, era mesmo. Stella abraçava João, que respingava e segurava a mão dela. Aquilo bateu fundo e Miguel deu as costas para todos e saiu.

Andou muito na praia deserta, entrou na água, tomou sol sozinho, ninguém passou por ele nas horas seguintes, até que o sol começou a declinar e ele voltou. Os três jantaram juntos e falaram pouca coisa, menos o menino, que falou muito. Falou que se lembrava de quando ele e o pai tinham ido a uma outra praia, tanto tempo atrás, mais da metade do seu tempo de vida. Stella não deu a mínima, sorriu apenas.

Mais tarde, na cama de esteira, distantes um mundo inteiro, Miguel virou-se para o lado dela e estendeu a mão até suas costas. Ela dormia. Ou não dormia, sacudindo o ombro em que os dedos estavam pousados. Ele então arriscou e tentou beijar o seu pescoço, mas não deu tempo, ela se levantou e foi beber água da moringa. Ao voltar, manteve a mesma posição.

Estou menstruada, ela disse.

Ele sabia que não haveria como. Ela não estava afim. Mas ele gostaria, precisava chegar mais perto, o mais fundo possível, senão não haveria como até não se sabe quando, não haveria nem um abraço pelas costas no dia do seu aniversário, que acabava de acabar.

Adivinha seu choro abafado. Ela não está grávida.

A nova mulher de David está grávida. Ele acaba de saber. Está sentado nos degraus da área de serviço, as mãos cobrindo o rosto, e chora. O cachorro do apartamento em frente, sozinho em casa todo dia, também chora, e uiva.

As filhas o chamaram para conversar, ele foi; Solange está de luto na cozinha. Malu e Martina estão sentadas na escada, esperando. Ele entra da maneira que sempre entrou, durante vinte anos, estabanado, a chave presa do lado de fora. Ele olha para elas. Apenas Martina esboça um choro, que Malu contém de imediato, com uma cotovelada. Solange toca uma sinfonia de panelas e louças na cozinha.

Quando ouve o barulho da porta batendo atrás de David, silencia, a casa inteira fica em silêncio, menos o relógio da sala, que não sabe marcar horas, apenas badalar. E nem nesta hora exata ele toca, nem o cuco ousa botar a cabeça para fora.

Apesar de tudo, de toda a pressão contrária, de todo o luto, David está feliz. Ele guarda com avareza a felicidade, ela é muito frágil.

As filhas falam, uma menos que a outra. Elas começam devagar, cheias de palavras calmas, mas, de repente, sem que uma controle a outra, começam a acelerar, a implorar que fique. Mesmo Malu, a mais dura, implora, de joelhos.

Ele se vira, morde os lábios, bate a porta ao sair. Para mais adiante e chora. Eles moram num lugar bem afastado (ele morava), cheio de árvores e crianças pedalando pelas ruas. Um sabiá grande costumava cantar na jabuticabeira da frente, cujos frutos os meninos não deixavam maturar. E a vizinha do lado deixava robustos móveis no seu gramado, a fim de secar a pátina, as portas e as gavetas abertas para a rua. E havia um gato que jamais conseguia descer do telhado, e que alguns vizinhos se alternavam na tarefa de alimentar e mesmo subir para tentar tirá-lo de lá. Era um bom bairro. Agora ele mora num hotel fuleiro. Antes de chegar, desce do ônibus para chorar debaixo de uma árvore que não era da sua vizinhança. Ele vendeu o carro.

Solange cai na cozinha, assim que ele bate a porta na saída. As meninas correm para lá, e as três secam as lágrimas juntas.

Agora a mulher está grávida. Ela vai deixar de ser compacta, vai carregar outro ser. David emagreceu muitos quilos. Seus olhos fundos estão molhados de lágrimas na escada da área de serviço. Ele já parou de chorar. Ele seca os olhos com os punhos da camisa. De que adianta?, pensa. O que dói, a partir de agora, é nunca mais poder voltar, mesmo que quisesse. Agora, ele e a pequena e o bebê já compõem uma célula familiar. E ele vai ter que conhecer todo mundo do lado dela e apertar as mãos, ser menos barrigudo e ensinar tudo ao garoto, que vai olhar para as irmãs como se fossem tias. Se é que elas vão querer conhecer o menino (é um menino, o pior que poderia acontecer seria um menino), alguém que vai estar por perto na velhice, plugado em toda a energia do mundo, e ele, pai-avô, correndo atrás do prejuízo. Uma lástima. A mãe pequena e seu irmão mais novo e o avô de todo mundo.

A alegria: ele às vezes dança no seu minúsculo quarto de hotel, rodopiando, cantando uma musiquinha boba e brega que inventou com um verso de pé quebrado que não faz sentido. No fim, cai sentado, exausto.

Perto do final da tarde do dia seguinte, Miguel saiu andando pela praia, até se perder de vista. Era como deixar Stella para trás, e o mundo que pesava nos seus ombros também. João tinha sumido ainda de manhã, voltara para o almoço e desaparecera em seguida. Houve um momento em que fora visto ao lado de Stella, entrando numa onda. Stella mergulhou em outras ondas e nadou acompanhando a linha do horizonte. O dia foi em frente sem Miguel, igual ao que acontecera em toda a última semana.

Um pescador vinha na direção contrária, carregando um cesto de peixes. Demorou até que se cruzassem, e o homem disse boa tarde, tirando o chapéu de palha solenemente. Alguma coisa se debateu dentro da cesta, espirrando água.

Mais adiante, um garoto de corte americano no cabelo mostrou o vazio entre os dentes de leite. Continuou rindo depois que passou por ele, uma risadinha gutural e feliz.

Foi tudo que ele encontrou pela frente.

Os coqueiros dobrando-se ao vento, agitando as cabeleiras.

Um dos cachorros selvagens, fuçando o lixo da praia.

Um caranguejo recuando de medo, para o buraco na areia.

Uma ave estranha empoleirada no alto de uma árvore sem folhas. A revoada de pássaros brancos liderada por um pássaro preto.

Era bom não ver mais gente. Só o mar murmurava.

Mas ao perceber que era tarde, e que as marés deveriam subir, e que ele estava comprimido entre a terra e o mar, andando por uma estreita faixa de areia, Miguel desviou do caminho e saiu por uma estradinha que ia dar no povoado.

Só um homem bebia no bar Estrela. Ele pediu uma cerveja e sentou na mesa mais distante. Ficou aspirando a brisa. E acompanhou o começo da lenta queda do sol dentro do mar.

Não havia nenhum movimento, apenas as luzes preguiçosas que acendiam na porta das casas. Ele se lembrou da maré alta. E pensou que o mar escuro seria um pesadelo difícil de encarar. Altas ondas negras e estrondos brancos.

Melhor seguir de volta pela estrada de terra, que começava entre os casebres de luz opaca.

Logo, a estrada se abriria, à esquerda. Ele suspirou e foi em frente. O céu misturava as cores do fim da tarde: o azul pálido, o verde e o lilás. Uma estrela solitária abriu os braços para as estrelas apagadas. Uma garça branca voou de uma vitória-régia a outra, no meio do lodo cinzento que acompanhava a estrada.

Uma caminhonete passou, levantando poeira. Da carroceria, uma criança agachada acenou. A noite chegou muito rápido. Lá embaixo, ele só avistaria os faróis amarelos farejando o caminho.

A noite chegou, ele não enxergou mais nada, e não pôde parar. Tropeçou, caiu de joelhos. O que viu à frente no princípio foi nada, depois uma porção de sombras imóveis e altas, de um lado e do outro.

Não podia parar. Não sabia se estava no caminho certo, o céu estrelado metia medo. Podia engoli-lo com seus dentes brilhantes. Ele estava perdido. Tudo que ele queria era ver Stella e João. Porque já os havia perdido há tantas horas. Porque não havia relógio ali e tudo era uma eternidade que poderia desaparecer para sempre, sem estrela, e suas pernas continuariam andando sozinhas, por conta própria.

Pardal virou-se de repente, nas proximidades da praça, e sofreu o baque. A carroceria de uma caminhonete batera de leve em seu rosto. Mas ele girou sobre os pés de uma forma que seria até graciosa em outras circunstâncias, caiu na calçada e bateu a cabeça no meio-fio. Abriu os olhos, viu o dia ainda claro, o céu azul sem nenhuma nuvem. Depois, ao virar a cabeça para o lado, viu o sol escondendo-se atrás de um edifício e, como ele, se apagando. A cidade estava deserta perto do Ano Novo.

No Hospital Público, ele agoniza no corredor. Abre os olhos, enxerga o teto baixo, iluminado pelas lâmpadas de mercúrio. Tem um tubo de soro ligado ao braço. A maca está encostada na parede. Uma interminável sequência de passos solitários ecoa e se distancia. Ele apoia o queixo no peito, os passos brancos desaparecem na penumbra ao final do corredor. Um homem geme na maca em frente. Ele descobre uma fileira delas, encostadas na parede.

O rosto dói. Está bastante inchado. Os tufos de cabelo do lado direito estão empastelados, deve ser sangue. Há também um hematoma no alto da cabeça. Ele passa a estudar o teto, onde formas diáfanas e iridescentes dançam refletidas pela embalagem do soro. Assim durante horas. Ninguém passa pelo corredor. Os gemidos aumentam, ele não consegue tapar os ouvidos, emitir algum som ou fechar os olhos.

Muito tempo depois, a calma cobre o corredor. De repente, ele se senta na maca como um boneco de mola. O sangue escorre pela boca. Ele põe as pernas para fora, está nu debaixo do camisolão. O sangue escorre pelo tecido branco, respinga pelo chão, inunda o corredor. Ele desce pulando e arrasta o soro por um metro ou dois, antes que ele salte do seu braço. Ele escorrega no chão sujo de sangue, cai de joelhos, precipita-se para a frente, patinando. Um som gutural começa a escapar de sua garganta, para sair enfim, arranhando. Ele urra ao lado das macas, muito próximo da penumbra que escurece completamente ao final do corredor. Ele é agarrado antes de chegar lá. E posto no chão, e arrastado no rastro de sangue que só ele vê.

Pardal morreu na mesa de operações ainda no final daquela manhã. Tinha um coágulo no cérebro. O cirurgião fez qualquer comentário sobre seu "rosto cubista". Confirmada a morte do paciente, foi fumar ao ar livre, a máscara pendurada no pescoço. O dia estava ainda mais radiante do que na véspera, mas não se via o sol. À tarde, tudo mudaria, e a chuva lavaria a calçada em que da cabeça aberta de Pardal e dos cabelos revoltos escorrera um fio grosso de substâncias vitais.

Sem documentos, só não foi enterrado como indigente porque a menina do escritório reconheceu o corpo. Eles tinham um encontro na noite anterior. Como ele não apareceu, ela ficou preocupada. Não conseguiu dormir. Às oito da manhã, ligou para um hospital, depois outro. Tinha esse espírito trágico. Resolveu ir por conta própria ao maior deles. Passava das três da tarde quando o homem puxou a gaveta e o corpo nu apareceu, a pele azulada, os lábios azulados, o cabelo raspado, o ninho desaparecido, um corte longitudinal no crânio.

Não havia quase ninguém no enterro, apenas a menina, de cabelos mais emaranhados do que nunca, e alguns vizinhos do escritório. Tudo aconteceu no cemitério mais próximo, no fim da rua do escritório. A única filha de Pardal veio do Rio e chegou atrasada. Ao contrário do que se podia esperar por causa do pai, tinha um cabelo ótimo. Foi o que a menina notou, a mão mergulhada nas flores que cobriam o corpo, afagando a barriga do morto.

Miguel se acostuma com a escuridão. Enquanto as pernas vão em frente, autônomas, as lágrimas embaçam a visão da coroa de estrelas frias e hostis que paira sobre sua cabeça.

Uma coruja pisca os olhos vidrados no alto de uma árvore invisível. Ele só enxerga os grandes olhos piscantes, mas reconhece maravilhado, assim que baixa o olhar, uma placa que leva às cabanas. Vai até ela, encosta o nariz e a toca, as lágrimas escorrendo. Depois segue a trilha no meio do mato.

Quase por acidente, pisa as primeiras tábuas da ponte sobre o riacho. Avista as poucas luzes das cabanas e, eufórico, apressa o passo das pernas que já iam sozinhas.

Então, deixando a mata, ele vê a cabana. Um pouco mais além, debaixo dos coqueiros, ele para e respira. Um vulto aguarda de braços cruzados no pórtico de entrada. O vento agita as cabeleiras dos coqueiros. Ele chega mais perto, é uma sombra, um ser errante que chega em casa depois de muitos anos, depois da guerra, barbado e desumanizado, um sujeito que saiu para comprar cigarros e voltou, muitos anos depois — uma coisa mais ou menos assim passa pela sua cabeça.

Stella não se move, mas os braços descruzam e caem ao lado do corpo. Move-se sem sair do lugar. Avança e recua. Depois se atira com todas as forças nos braços de Miguel, e cobre sua cara de beijos. E não quer ouvir nada, tapa seus lábios. Chora. E o arrasta para dentro. Não diz nada. Eles agora estão no interior da cabana e faz tempo que ela colocou João para dormir, mentindo que o pai tinha ido pescar num lugar distante. Ela o cobre de beijos e lágrimas que cintilam no escuro. Ela o deita na esteira e massageia suas pernas, que insistem em continuar andando sozinhas. Atira-se sobre ele, beija sua boca e tapa seus lábios. O garoto não pode escutar. Ela levanta a saia e senta em cima dele. Joga a cabeça para trás e a franja errada treme. Abaixa e deixa grossas lágrimas caírem sobre ele.

No dia seguinte, ao abrir os olhos, João procurou o pai. Viu que ele dormia pelado na esteira. Seu sexo estava escondido entre as pernas, o que era engraçado, e os pelos do seu peito pareciam ainda mais brancos, de tão mais velho e mais frágil que ele parecia dormindo.

O menino tinha acabado de sair de um sonho em que entrava na água até perder o pé, para cavalgar um golfinho sorridente. Ele sabia que não sabia nadar, mas não tinha a menor importância. O golfinho transmitia confiança em sua risada de elfo. Os dois mergulharam fundo e foram ao encontro do imenso corpo escuro de uma baleia, que, ao abrir devagar seu grande e indiferente olho, assustou o menino.

Ele acordou molhado. Foi para o mar, entrou até a cintura.

Miguel deixou a cabana e se espreguiçou diante do dia sem sol. Viu Stella e João juntos, distanciando-se numa curva da praia.

O menino caminhava dando patadas atômicas nas ondas que vinham morrer na areia.

Que tanto conversavam?

Assim a vida seguia sem ele, Miguel pensou, e seguiria. Pelas incontáveis, brilhantes e imprevisíveis esquinas do mundo.

Um nome raro, estranho, antigo, que já não se usava mais, que não combinava com a pessoa em questão, feio na combinação do nome inteiro, de bebê nascido com nome de avó, de coisa velha, que nunca existiu, porque, pensando bem, ela era a única pessoa que conhecia a carregar aquilo até certo dia, e quando era dito por alguém, um arrepio de vergonha eletrizava sua espinha, deixava o rosto vermelho, a palma da mão úmida, dando vontade de se esconder também. Era alguém dizer o nome esboçando qualquer traço de dúvida na voz e o sismógrafo interior disparava e por um breve momento a mulher adulta gostaria de se esconder do jeito que faria um avestruz ou criança, enfiando a cabeça num vulcão de mentira, pois seria uma avó a pessoa que esperavam encontrar? Para soletrar a vida inteira?

Passar, portanto, não passava nunca. Ao esgarçar as sílabas do primeiro nome, atravessar aos trancos o sobrenome e enfim chegar ao nome completo, ela se acostumara a ficar na defensiva, o recurso de alguém que sempre espera o pior da maneira como é chamada, de como é sempre levada para o chão, ao som do próprio nome, que ninguém acerta nunca mesmo. E, por incrível que pareça, ninguém nunca jamais lhe deu um apelido, e continuar com o nome de batismo por toda a vida seria uma cruz a mais a se carregar, um fardo portátil, uma coisa sem importância para os outros mas cheia de espinhos para ela.

Ser ela mesma por toda a vida seria isso, e só alguns significados ajudaram a suportar o próprio nome, já que ele existia em outras partes do mundo, batizando localidades — uma rua do Rio, uma província romana próxima da Macedônia, uma cidadezinha num estado americano, onde havia uma fábrica da Ford — e outras pessoas também, tão estranhas, pensava, que já deviam estar fora desse mundo. Até onde esta sou eu ou uma confusão a ser soletrada?

Era um nome que lembrava pântano e arcádia, para Eduardo, e isso ela achava muito bonito de se ouvir, embora não prestasse muita atenção no significado, se é que havia algum. Era poesia, ninguém precisa entender tudo aquilo que escuta, ninguém entende mesmo. Deixava-se embalar por aquilo que queria escutar, virava o ponteiro do humor para o lado branco e dizia obrigada.

Isso foi bem no começo da amizade dos dois. Ela ainda tem um quê de flor do pântano, é isso, seja lá o que for — a primeira, a áspera (ou nem tanto), a que já segurou a onda, a que já passou por uma porção de coisas mas continua andando sobre as próprias pernas e hoje está em paz, mesmo quando gritam seu nome de um guichê obscuro. E a estranheza dura só até verem que mulher bonita ela é ou foi. A beleza abre um monte de portas, que fecha em seguida.

Por que você deixou?

Sempre esquivo na hora de responder, carregado de pausas, o pai foi ao quarto, do quarto voltou para a sala, onde jatos de luz solar trespassavam a janela que dava para a represa, parou e fez um toldo com a mão sobre os olhos, imerso na luz, depois fechou as cortinas, que deixaram partículas de poeira dançando no único raio de sol que restou. Só aí ele respondeu, mãos nos bolsos.

Porque sua mãe quis.

E não tinha outro nome?

A mãe havia morrido em 1958, perto da Copa do Mundo. A menina tinha 5 anos. Então o mundo em volta explodiu de felicidade, mas a menina e o pai estavam de luto. Ela teve apenas uma vaga ideia do que era ser feliz no Brasil daqueles dias: o rosto de um Pelé menino na capa de uma revista, abraçado por Djalma Santos e Garrincha. Para ela, era um antídoto – a mesma capa de revista meses a fio sobre a mesinha da sala de visitas. E só a tia Zi aparecia de vez em quando. Folheavam todos a mesma revista, o pai, a tia, a menina, enquanto o tempo passava de luto e se jogava toda a conversa fora, alisando aquela trança loira de uma mesma menina.

O pai se chamava Elyseu. Ele alinhou três maçãs pobres e pequenas sobre a mesa, sentou-se diante das frutas e respondeu.

Não.

Não?

Ele tamborilou os dedos sobre a mesa, batucou o ritmo suave de uma bossa — por alguma razão seus amigos de juventude achavam que ele tinha alguma coisa a ver com música, um quê de bossanovista, e durante muitos anos essa aura de baterista da bossa nova rondou a sua reputação, ele que nunca tocou nenhum instrumento. Pois ele gostava de aprimorar a sua batida, enxugava os toques nas superfícies, tinha preferência pela madeira da mesa da sala, que era antiga, e vários carregadores tinham sido necessários para removê-la de onde esteve, sabe-se lá onde, para onde estava agora, parecendo ter brotado do chão, descascando feito um tronco velho e robusto. Ela gostava de se enroscar nos seus pés finos, e por isso contraditórios, e encontrava ali um prazer de natureza sexual e inocente que se estendeu até a idade em que já não era mais sem motivo se enroscar nos pés tépidos de uma mesa.

Não, ele disse, e ficou esperando. Ela sabia que dali não sairia mais nada.

Você já percebeu que todo mundo acha bonito o seu nome?

Todo mundo?

Todo mundo que eu conheço.

E todo mundo que me importa também. Como é possível? Eu e você não, não é?

Não. Mas eu não vejo outro nome em você.

Eu vejo. Vejo vários.

Não seria você.

Por que você não me deu um apelido?

Sua mãe...

...tinha morrido, eu sei.

Esse era um assunto de silêncios mais prolongados ainda. Ele foi para a cozinha e mexeu nas panelas, fez bastante barulho e voltou dizendo que estava fazendo café. O café dele era muito fraco. O único lugar em que ela tomava café fraco: a casa paterna. Tudo lá era alto, velho e robusto feito ele.

O pé-direito, o teto de tábuas largas, o lustre retorcido e enferrujado, o chão de ardósia, as garras de animais imaginários que corriam pelo teto de noite, o pica-pau invisível que bicou o teto tantos anos a fio (ele dizia que era um pica-pau, e ficou sendo, só podia ser), o corpo da menina de barriga para baixo sobre um tapete, arrastado por Lourdes de um cômodo ao outro, na hora da limpeza, as camas altas que rangiam, o armário pesado cheio de rachaduras, trancado na penumbra do corredor, a cadeira de espaldar alto, a misteriosa luneta sempre dentro de uma caixa marrom e verde, que ninguém nunca tinha usado, em cima da escrivaninha, a corrente gelada de ar que passeava pelos quartos e a empregada-babá que era muito ruim de acordar e não havia relógio em parte alguma e quando ela chegava à escola na caminhonete do pai já era tarde muito tarde e o dia em que ela chegava cedo alguma coisa sempre acontecia, do tipo chuva ou qualquer outra mudança brusca de tempo, o que todo mundo atribuía à sua mudança na rotina.

As coisas eram grandes, o abajur de luz amarela e doentia ficava demasiado imenso em seu canto assustador, a vastidão das matas ao redor nem era tão grande, mas para uma criança parecia; os barulhos da floresta e mais adiante os do mundo exterior, as águas que murmuravam até chegar na represa, os peixes movendo suas caudas e o borbulhar na superfície, o tremor dos ninhos e as árvores sacudindo os cabelos, e mesmo o dia começando não deixava ninguém dormir, tudo era imenso, e só então o pai falava bastante — com os empregados, e ela ouvia tudo do seu quarto, do alto da sua cama, atrás das janelas fechadas, o sol tentando entrar pelas venezianas, chato de tão radiante, o pai dando ordens para os empregados mudos, uma fala tão macia que prolongava o sono, e quando ela já estava de pé, a planta do pé inteira no chão frio e Lourdes atrasada com as pantufas, então ela chegava na janela panorâmica e abria as cortinas dependurando-se nelas, e alguma coisa sempre se soltava e Lourdes precisava consertar, era o momento de olhar para fora, ali além da represa, Elyseu de botas enlameadas pisando pé ante pé na outra margem, abaixando de pernas abertas em compasso para abrir delicadamente as folhas de uma couve e depois seguir em frente de mãos nos bolsos, soltando fumaça de locomotiva no ar enevoado, e dando adeus para ela, o que não era um adeus, era um espera-logo-logo-estou-aí um tanto sério, como tudo que ele fazia.

Ele era alto e bonito, e à medida que o dia avançava falava cada vez menos, ou talvez ficasse falando consigo mesmo ou não tivesse mais nada para dizer, embora fosse muitas vezes engraçado, cheio de expressões corporais de um cômico do cinema mudo. E ela passou muitas manhãs na escola tentando, mesmo que inconscientemente, desvendar os silêncios do pai nas tardes e noites do dia anterior. Noites quase insuportáveis de silêncio, nas quais ele poderia chamá-la do fundo da poltrona em que ficava mergulhado lendo algum livro de ponta-cabeça, caso não estivesse mesmo prestando atenção na leitura, e então, neste chamado, o nome dela fazia sentido, ganhava uma cor, ficava bonito, até bonito, porque ali era como dizer um segredo, longe de tudo, que era onde eles estavam, e sozinhos (porque os empregados, exaustos, dormiam cedo, e Lourdes não acordava nunca). Tudo ao redor era árido e difícil para o pai, e no entanto era o lugar em que ele sempre quis ficar e ficou, desde a morte da mulher. Brigando com grileiros, aprendendo a atirar em latas de conserva, no bosque.

Sábado, 18 de junho de 2005. Ela está descalça na sala de visitas, tentando enxergar o próprio reflexo no chão de madeira. Como o apartamento é antigo e o piso, original, o brilho se foi há muito tempo e ela não consegue ver nada. Mas é agradável pisar no chão fresco, ela sempre gostou de andar descalça em casa, mesmo no inverno. Tem um copo na mão, cheio de uísque até a boca. O gelo tilinta nas bordas e o líquido escorre. Ela não costuma beber. O carrinho de garrafas coloridas é um pequeno monumento num canto da sala. O balde só tem gelo quando aparecem visitas, e as visitas são raras. Hoje ele tem cubinhos de sobra e ela está um tanto alta, faz xixi de pé, no meio da sala.

Acha engraçado isso, não consegue sair do lugar e a poça de urina começa a se aproximar dos seus pés. Então ela chora. Está bêbada, vai ao banheiro, enfia a cabeça no vaso, não consegue vomitar, jamais conseguiu vomitar enfiando o dedo na garganta. Ela prende os cabelos num coque atrás da nuca, seus cabelos ainda são loiros, ela tem 51 anos e meio, o pior já passou (os 50 anos redondos). Ela gosta de superfícies frias, encosta a bochecha no vaso, sem a tampa. Pode fazer o que quiser quando está sozinha, mas se Lourdes visse isso, contaria ao pai. Elyseu está morto, Lourdes tem Alzheimer e mora num retiro. Precisa visitar o retiro.

Lourdes só se lembrará dela aos 12 anos, fumando no banheiro na ausência do pai e coisas do tipo. Lourdes a empurrará contra a parede, protegendo a menina dos invasores. Eles arrombam a porta, são silhuetas que cegam com as lanternas, empurram as duas para a traseira de um caminhão, faz frio, Lourdes a abraça tanto que ela nem sente, embora bata os dentes, e a urina escorre no chão de madeira forrado de serragem, gotejando na estrada.

São deixadas na porta da farmácia, chorando, um dos homens, aquele que a segura pela nuca, tem mão de elefante, áspera e cheia de fissuras, a farmácia está fechada. A lua cintila acima das árvores escuras, cortada pelos fios dos postes de luz. Uma coruja pisca no alto de um telhado, muito tempo depois de um longo silêncio em que só as folhas farfalham.

Então, aparece um carro de faróis amarelos, que estaciona e morre. O motorista tenta ligar o motor e tenta de novo. O motor pega, o veículo avança e para, a porta se abre, o homem alto desce lentamente e deixa o motor ligado. Ela agarra o pai, ele alisa uma de suas tranças. Eles seguem viagem até a casa de Tia Zi, em São Paulo.

Os homens invadiram a chácara, ele disse, muito depois de ter entrado levando a filha pela mão. Zi ainda estava dormindo, em pé, segurando a maçaneta. Esfregou violentamente as mãos no rosto, foi para a cozinha e voltou com sanduíches e café.

O que é que você vai fazer, ela pergunta.

Lourdes levou a menina para o quarto, ela vestiu uma camiseta emprestada que desceu até o joelho.

Elyseu olhou para Zi e coçou o queixo.

Não adianta falar com eles, ele disse. E saiu. Não adiantou nada a mulher vir falando atrás dele. Quando Lourdes voltou, elas acharam melhor acordar um advogado amigo da família.

O advogado chegou à chácara nas primeiras horas da manhã, acompanhado de Zi. O portão estava fechado. Eles abriram o portão, que rangeu de preguiça, e dois patos vieram pelo caminho de cascalho. As aves abriram caminho para eles, que foram em frente triturando o chão, temendo o próprio barulho dos sapatos. Um sopro de fumaça saiu detrás da porta aberta pela metade. Em seguida, a cabeça de Elyseu. Ele tinha uma das mãos no bolso, a outra segurava o cigarro. Parecia que ia dar um passeio e mandara os patos na frente. Atrás dele, surgiram os olhos iluminados de um pastor alemão. O animal se adiantou e saiu da penumbra, a língua dependurada.

Esta é a Mel.

Onde é que estão os homens?

Elyseu acariciou a cabeça do cão.

Eles foram embora. Eles queriam ficar, mas eu trouxe o cão do diabo.

Você espantou eles com o cachorro?

Bom, eu entrei pela frente e soltei o cão. Eles eram dois. Eles tinham medo de cachorro e pularam na represa, atirando para o alto.

Não faz sentido.

Ela é muito barulhenta.

Mel latiu como exemplo. À tarde, quando Lourdes desceu do táxi com a menina no colo, Mel veio recebê-las. Foi então que o pai apareceu, a carabina debaixo do braço. O taxista olhou espantado para ele. Elyseu parou diante do portão e deixou que todo mundo que estivesse próximo o visse. E a lenda do homem armado e sua fera se espalhou.

À noite, as sombras de silhuetas de papel recortado faziam a ronda no bosque da outra margem, depois seguiam para o riacho e voltavam para casa e recomeçavam. Elas giravam no prato da vitrola, contra a luz de uma lâmpada potente. Elyseu aproveitava para ouvir música. Eles gostavam de qualquer coisa, gostavam do que tinham, de dor de cotovelo e bossa nova, de Rita Pavone, de Beatles, de disquinhos infantis coloridos, que repetiam e repetiam, enquanto as sombras e os latidos de Mel espantavam os invasores. O trabuco ficava aos seus pés, e ele tragava o cigarro na escuridão — de fora se avistava o lume acendendo na janela. A menina dormiu com música durante meses. E contos infantis. "Aladim", "O Pequeno Polegar", "O Gato de Botas", conhecia todos eles só de ouvir falar, pelos discos.

Elyseu contratou os dois empregados e passou a vender mudas na entrada da chácara e a plantar na horta para a própria subsistência. Ele era biólogo, a menina botava fé num pé de laranja que vingou quando ela menos esperava, e os patinhos amarelos apareceram na represa um dia. Mel comeu alguns. A menina colheu as três laranjas que pareciam limões e alinhou-as na mesa, à espera do pai, que tinha ido à cidade. Eles chuparam as laranjas até o bagaço e jogaram as sementes e as cascas no quintal, para aparecerem novas laranjas, que os passarinhos comeram. Nessa época, depois que acabavam as músicas, o pai prendia o braço da vitrola para que o prato não parasse de girar as silhuetas de papel. E deixava que Mel latisse até de manhã, perseguindo as aves no meio do mato. Não sobrou nenhum pato.

Ninguém mais se aproximou do lugar, a não ser para comprar mudas ou visitar a horta, caso Elyseu permitisse. E ele mandou colocar um portão elétrico e cercou a propriedade, coisa que se recusava a fazer desde que tinha comprado a chácara com o dinheiro de uma herança da mulher, dividida com tia Zi, que também emprestou o dela. O lugar era um deserto de bosques e animais silvestres. O povoado próximo, o rascunho de uma gravura de aldeia.

Ao acordar, ela estava de bruços, a cara enfiada numa almofada. Não se lembrava de ter caído ali, era muito fraca para o álcool. Foi ao banheiro, percebeu que estava molhada, abriu o chuveiro e tomou um banho. Secou os cabelos na cozinha, fazendo café, a chaleira chiando agudíssima, ela vacilou um momento antes de desligar o fogo. Estava olhando para a folhinha, onde assinalara o dia do aniversário do pai. Mas o pai tinha morrido em 1998, durante o sono. E nem por isso deixara de fazer um círculo vermelho na data, e escrever papai embaixo do número. A folhinha era do antigo viveiro de plantas. A anotação era a mesma: ela nunca trocara a página da folhinha, desde o ano da morte do pai. Não mudou, ano após ano.

Ficou na cozinha, envolta num roupão, o cabelo enrolado por uma toalha. Nós, os beduínos. Elyseu dizia isso sempre que ela aparecia usando a touca e ficava lixando as unhas na sala, enquanto ele fazia contas na escrivaninha. Eram raros momentos de eloquência, em que ele a chamava de beduíno. No resto do tempo, ela precisava ler o braile, as manifestações discretas do seu humor, embora ele sempre mostrasse, dependurado, a metade de um sorriso, que todo mundo interpretava como sarcasmo.

Ao contrário de Eduardo, que ria o tempo todo.

Por que você vive rindo?, ela perguntou. Estavam no longo corredor da faculdade, que ia dar na parede de vidro da fachada, seus bambas faziam barulho de sapos no chão brilhante, muitas vezes ela percorreu, em sonho, esse mesmo longo corredor que nunca mais acabava — e sonha que vai por ele até hoje, só ou acompanhada de Eduardo.

Ele engoliu o riso que estava abrindo naquele justo momento. Não olhou mais para ela até o fim do corredor, quando a luz frontal do sol, entrando pelos vidros, costumava cegar. Só aí ele virou para ela, e era quase uma silhueta de orelhas de abano. E não respondeu. E ela não tocou mais no assunto, não pensou que pudesse ofender alguém que era tão bonito, que não precisava ser tão simpático o tempo todo porque as pessoas já lhe davam um desconto natural por ser tão bonito, apesar das orelhas de abano, um rapaz tão alto e moreno e de olhos pretos tão confiantes. O sorriso sempre abaixo. De certa forma eram opostos. Ela, loira, de olhos claros, pouco falante, habituada ao ser lacônico que era o pai. Os dois sentados na primeira fileira, debaixo do nariz dos professores, dois vasos bonitos de plantas ausentes. O resto da classe dormindo na penumbra. A bata branca, a longa trança, a voz calma, as mãos que escalavam a trança enquanto ouvia. A camisa xadrez azul clara e as botinhas de camurça de Eduardo, inflamado e loquaz sob as barbas do professor chileno e gordo, meia lua amarela debaixo do braço, puxando as calças para cima o tempo todo apesar dos suspensórios. E o pessoal dormindo, quanto mais fundo se subisse no escuro do anfiteatro em que transcorria uma sessão de slides. No começo todos achavam um porre a dupla tão bonita. E ela ainda tinha aquele nome. E ele, as orelhas de abano, nas quais muita gente queria dar uns petelecos assim que fosse possível. Isso demorou até o momento em que foram fazer trabalhos em grupo e perceberam que eles não eram só bonitos, eles sabiam o que estavam fazendo, ao contrário da maioria. O homem gordo admitiu isso, no final do primeiro semestre, e ele tinha sido um terror para todo mundo.

Como você foi no primário?

Eu era um santo.

Eu também.

À essa altura do curso já estavam mais relapsos. Fumavam maconha no centro acadêmico. Atravessavam os semestres raspando, faziam todos os trabalhos num fim de semana, sem dormir. Ajudavam a pintar palavras de ordem nas faixas cor-de-rosa. Os cabelos compridos e desgrenhados tapavam as orelhas de Eduardo, ficavam soltos ao vento na cabeça dela, que era agora uma ninfa descuidada, e queimavam ao sol. Agora ele ria à vontade, mesmo sem razão. Gargalhavam juntos, por nada. Erguiam os punhos nas passeatas e berravam o que se estivesse berrando ao redor, abaixo a vida dura e abaixo a ditadura. Isso foi no final do curso. Um colega de classe tinha sido preso. Ele era chato de doer e diziam que criava um camundongo na barba espessa. Todo mundo se assustou, e por um tempo, até ele voltar, a escola ficou em silêncio. Uns sujeitos mais duros se reuniam num fusca para ver o que fazer, ninguém mais jogava bilhar na companhia dos dedos-duros. Ele voltou com a barba e o cabelo raspados, e estava feliz. Pediu para ela escolher uma das mãos fechadas. E onde ela bateu havia um camundongo branco (porque eu sempre soube o que vocês falavam de mim). Ele disse que tomou uns tapas e que o jogaram de cuecas no chão molhado de uma cela, e que iam torturá-lo quando o avô apareceu, um ex-delegado da Seccional Centro. Por isso foi solto.

Sabe, pensei em você, só consegui pensar em você.

Ela ficou pasma. Nunca ninguém tinha feito isso por ela, mesmo sendo tão bonita do jeito que todo mundo costumava dizer. Ele estava atacado de sinceridade, como se fosse morrer.

Achei que fosse morrer.

E chorou na frente dela. Eduardo tinha ido ao banheiro, estavam sós. Ela engoliu em seco. Ele tão feio, a cabeça pelada, saída do hospício. Ele a pediu em namoro, assim, dessa forma singela mesmo, a que não estava acostumada. Ela não teve nenhuma reação no momento, seus olhos se encheram de lágrimas, que transbordaram um pouco quando Eduardo reapareceu. Ela nem sequer ficou de pensar.

Naquela noite, antes de ir embora, eles ficaram sozinhos no Centro Acadêmico — ela foi ficando até que Eduardo perdesse a paciência e fosse embora, intrigado, ainda que sorrindo. Ela deixou que ele pegasse nela, e esse primeiro toque ela achou de uma aspereza inquietante. Seu cabelo e barba tinham crescido durante o dia. Ele abriu suas pernas, ela estava de vestido, deitada no sofá cor de rato, ele garantiu que não havia mais camundongos quando montou em cima dela e disse chorando é a pele mais doce que eu já senti, e tentou de todas as formas mas não conseguiu, deitou a cabeça nos seus seios, e tanto tempo que deixou uma marca vermelha na região, e só depois de muito tempo ela pôde vestir a calcinha para ir embora, e ele a acompanhou até o ponto de ônibus deserto dizendo pouquíssimas palavras, isso porque ela tentou puxar assunto. Ela foi, ele ficou. Ele atravessou de novo a rua, na direção da escola. Da luz pálida do interior do ônibus, ela viu a névoa flutuando no bosque da faculdade de Biologia. Ia dormir na casa de Eduardo, embora eles não fossem nada um do outro, ao contrário do que as pessoas pensavam. Dormiu no ônibus, acordou na hora de descer.

Olhando no espelho do banheiro, a luz direta no rosto, ela estica e puxa. Seu cabelo tem muitos fios brancos, pés-de-galinha estão vencendo ao redor dos olhos e dos lábios, e ainda assim sobrou um pouco da cara que costumava encontrar todos os dias ali. Os dentes brancos e perfeitos, os olhos verdes. Ela apara as sobrancelhas com a pinça, ergue uma delas e seu olhar inquiridor aparece e ilumina o espelho, ela prende os cabelos na nuca, os seios levantam, as cavidades debaixo do braço parecem cansadas, sempre, não é de hoje.

E a barriga, a barriga está um pouco inchada, e os quadris aumentaram um pouco, as pernas continuam fortes, apesar das pequenas veias azuis que brotaram do jeito de pequenos veios de rio na superfície seca e a assustaram. Ela esqueceu de procurar um médico. Isso tem jeito, quase tudo tem jeito, menos a idade. Agora acorda todos os dias com o rosto mais cansado, parece que dormiu com a cara enfiada no travesseiro, debatendo-se nos sonhos. E, de fato, a noite passada mergulhou de um pesadelo a outro, e pensou dentro de um sonho que morrer era aquilo, embora morrer, segundo o que pensava (dentro do sonho), fosse apagar e nunca mais aparecer no espelho, nunca mais conferir o trabalho do tempo. Estica e puxa os traços da mulher mais bonita do mundo. Em algum momento ela fica tão bonita quanto antes, até os 40, quando ainda era muito bonita. Forçando um pouquinho as palmas abertas em direção das orelhas.

    Elyseu lhe dá um beijo na entrada da escola. A mãe morreu faz dois anos. Ela ficou em casa, na chácara para onde haviam mudado, e aprendeu a ler nos livros da casa, que soletrava debaixo da mesa. Lá fora, o novo mundo era verde e espalhafatoso, a água descia da colina até a represa num fio alegre e barulhento, os patos afundavam a cabeça n'água, os macacos gritavam no alto das árvores e espantavam os pássaros que vinham comer na sua mão. Ela às vezes ficava sentada na frente da propriedade, por onde uma velhinha arqueada pelo peso de feixes de lenha passava todo dia à mesma hora e dizia menina bonita no seu sorriso banguela.

    Na escola, as crianças mirradas do lugar riam toda vez que se dizia o nome dela. Um moleque a arrastava pela trança e levantava sua saia, até o dia em que ela apanhou uma pedra cheia de limo e deu na cabeça dele. O sangue jorrou e misturou-se às folhas do chão em grossas gotas; contudo, o menino não morreu. Ele virou seu melhor amigo. E ele também tinha um nome estranho, como quase todas as outras crianças dali, e levou cinco pontos na cabeça, o que era mais uma ferida de guerra que ele não deixou que ninguém soubesse que tinha sido feita por uma mulher, e ela não contou a mais ninguém além do pai, que ficou furioso e foi um espetáculo nunca visto antes. Costuraram a cabeça na farmácia, Elyseu levou.

    Depois disso, iam juntos para a casa dela, ele era escuro, quase negro, e subia nas árvores e a ajudava a subir. O pai parava de mexer na papelada no final da tarde, batucava a sua bossa no tampo da mesa, saía e passava debaixo da árvore sem vê-los no alto, sem saber que tinha sido observado o dia inteiro. Apenas um dia os três comeram bolo juntos na porta da cozinha, que sempre batia. O pai ficava abrindo e fechando, abrindo e fechando a porta num movimento de dedo, e enfiando o dedo nos buracos da tela. Contou seis buracos e disse que era por ali que as moscas entravam, e tinha sido por ali que um vagalume entrou e foi passear pela sala, no escuro, e eles se divertiram muito, no escuro e no silêncio. O prato da vitrola girando as silhuetas contra a lâmpada ainda não fazia a ronda.

Lia para as outras crianças, que riam assim que ela era chamada, mas ficando quietas enquanto lia. Ela se lembrava dos disquinhos coloridos que ouvia com o pai. Ela era um sopro de beleza nos dias de garoa. Ninguém dava um pio, ninguém movia um músculo. Apenas o garoto de curativo na cabeça mexia nos bolsos da calça, que havia furado de propósito.

Agora acompanhavam o pai na horta, enlameavam os sapatos e depois tiravam as crostas de barro com uma faca. O garoto ia embora à noite, nunca ficava para jantar, ainda que ela pedisse — ele não sabia se portar à mesa, não tinha ideia do que fazer com os talheres. Ele comia com a mão, morava na cidade, numa casa caindo aos pedaços, cinco irmãos homens. Uma única vez um deles a viu. Era menor e barrigudo. Tinha um caco de vidro enfiado no pé, e Elyseu levou-o ao posto de saúde que ficava muito longe dali, para ele tomar uma antitetânica. O menino nunca tinha andado de carro. Agarrou-se ao banco, parou de chorar, e ficou olhando para a frente, de olhos vidrados.

Um dia o amigo da menina apareceu em cima de um cavalo. Ele a ajudou a subir e cavalgaram juntos. O menino se esfregava nela, que deixava. Passaram pela velhinha arqueada sob os feixes de lenha. Gotas dependuradas nos fios de eletricidade caíram na sua cabeça assim que um gavião pousou neles, e o menino apontou o gavião e segurou nos seus peitos em seguida, com as duas mãos. Isso foi há mais de 40 anos. Ao erguer os seios diante do espelho, ela sente as mãos do menino, que não os soltaram até o cavalo parar na frente da chácara. Ela desceu no colo de Lourdes e foi a última vez que viu o menino, as ancas do cavalo encardido rebolando antes de desaparecer na curva da estrada, a bandagem no alto da cabeça, que ele arrancou e jogou de lado. O trapo passou meses pendurado num galho, gotejando orvalho, que ela via ao passar de carro, a caminho da escola. O menino foi vender balas na rua, e depois engraxar sapatos, batucando numa caixa de madeira onde havia desenhado um cavalo. Por fim, fugiu de casa e nunca mais foi visto.

A primeira aula de Eduardo que ela assistiu foi caótica, mistura de nervos à flor da pele e piadas sem graça, um vaivém sem sentido ao quadro negro, giz esmagado na lousa de um jeito maluco, um cigarro aceso e apagado em seguida, com um sopro, os alunos perplexos, não entendendo nada, ele rindo amarelo e engraçado involuntariamente, alguém na fileira atrás dela dizendo que o professor era lindo, só que tinha orelhas de abano.

Ele resolveu não tirar mais as mãos do guarda-pó e seus passos ecoavam pesados no tablado de madeira, o microfone apitava de vez em quando, mesmo os alunos mais ausentes torciam para ele acabar logo.

Dumbo, a pessoa atrás dela disse, e um bloco de estudantes riu. Daí, colou. Eduardo seria o Dumbo dali para a frente.

Ela foi solidária, disse que não tinha sido tão ruim, mas não conseguia esconder quão ruim tinha sido, o que estava refletido no olhar triste e assustado de Eduardo na sala dos professores. Eles ainda eram muito jovens, só um pouco mais velhos que os alunos do cursinho. Ela não queria dar aula de jeito nenhum, não era a sua.

Você tem nome de professora, ele disse, tomando café na esquina. Alguns alunos que tinham assistido à tragédia passavam por eles, a pessoa do Dumbo, inclusive, e não paravam de olhar para ele. Eduardo tentava rir de volta, estava muito triste e talvez alguma coisa embutida nessa tristeza crônica tenha despertado algum tipo de piedade no pessoal, ali mesmo no balcão. Um deles, um garoto de óculos, passou por ele e o cumprimentou com um aperto de mão, por nada.

Tinha deixado uma coca-cola pela metade sobre o balcão, "a outra metade é a minha chance de melhorar, eu acho", disse Eduardo. O que aconteceu foi que ele melhorou mesmo. Concentrou-se no que sabia, no jeito de chamar a atenção dos alunos, e treinou diante do espelho, e deu uma aula para ela, que bateu palmas; ele levava jeito, era engraçado, mesmo sem saber por que, e tropeçou de propósito ao entrar no tablado no dia seguinte, fazendo um barulho dos diabos. E o seu ar ausente que desgovernava o espaço de vez em quando, a maneira esquisita de ajeitar as meias fazendo um quatro com as pernas, as frases fora de eixo que dizia às vezes, percebendo que os alunos começavam a ficar distraídos, sua disposição para aguentar firme quando ouvia a palavra Dumbo e para ficar do lado de fora respondendo a algumas perguntas enquanto o outro professor já estava entrando na sala de aula berrando alguma coisa bem cômica. Tudo isso o tornava muito popular.

O que não sabiam é quanto ele detestava aparecer desse jeito, o quanto queria ficar quieto no seu canto. De modo que nos fins de semana costumava ficar sozinho, muitas vezes indo até o apartamento dela no sábado de manhã e esperando na portaria que alguém que estivesse lá em cima fosse embora para ele subir e ficar jogando conversa monossilábica fora, na cozinha, enquanto ela preparava o café. Assim, conheceu todos os pombos e cachorros e mendigos do pedaço, e acompanhou a decomposição da estátua equestre que tinham plantado há muito muito tempo na praça em frente ao prédio. O porteiro achava tudo muito estranho no começo, a sequência de amantes; depois, com o passar dos anos, pedia para ele esperar, deixava passar o namorado da vez e Eduardo subia. Afinal, era com ele que ela passava a maior parte do fim de semana, e para ele era terrível voltar para casa no domingo à noite. Antes de ir, parava na calçada em frente à estátua e suspirava, sempre suspirava, e se o tempo estava ruim e frio suspirava ainda mais debaixo do guarda-chuva, soprando longos, profundos vapores.

Ela aprendeu com Eduardo. No seu primeiro dia de aula no colégio — e eles preferiram dar aulas a exercer a sua verdadeira profissão, por princípio — ela fez uma graça introdutória que era uma homenagem ao falso tropeção do amigo. Ela acertou um giz nas pás dos ventiladores logo que se viu sozinha com a classe.

O colégio era de ricos. Os meninos usavam paletó com escudo desenhado no bolso, e gravata. Meninos e meninas fumavam no banheiro, xingavam os professores, maltratavam os funcionários, só não se impunham sobre a mulher gorda do café. Ela ameaçava tirar a roupa, provocava com a língua, então eles entravam em fila.

Ela fumava na sala dos professores observando a paisagem de árvores centenárias e o grande muro que não servia para nada, pois os alunos entravam e saíam a hora que bem entendiam. Sua vontade era pegar um deles pelo cangote e atirá-lo contra o muro de hera. Ela odiava aqueles pequenos playboys. Eles eram os chefes dela, cada um deles era um pouco dono da escola. O diretor de cavanhaque era o servo mais importante. Ele tinha um Landau, parecia um cantor jovem do passado. Ele alisava o cavanhaque diante de qualquer problema, e não resolvia nada, só resolvia o que fosse favorável aos alunos delinquentes. Ela queria tocar fogo na escola, sem piedade, ele a chamava de bonitinha; ela vivia botando os alunos do fundo para fora, e ele os trazia de volta, um riso amarelo semiaberto entre os pelos da barbicha.

Foram muitos anos de um emprego que tia Zi arrumou, Zi conhecia muita gente. Ela e Eduardo conversavam sobre seu trabalho nos fins de semana. Ainda assim preferiam não ser jornalistas. Então davam aulas de Português.

Qual seria a melhor estratégia para fazer os garotos sofrerem? Era o que ela queria. Armava-se de todo o cinismo na segunda-feira, contudo sua natureza não ajudava. Aos poucos descobriu que não eram todos iguais, eram todos diferentes, os mais iguais ela tratava de botar para fora sempre que fosse possível. E assim eles já iam para fora sem ela pedir, e restavam os mais mansos, que gostavam dela, afinal. Ela parecia doida, parecia não ter nada a perder, fora o emprego que não podia perder. O pé na porta ficou sendo o seu estilo e o seu nome era mesmo nome de professora tirana afinal.

Ela fuma, vive filando cigarros, é assim que conhece pessoas. Tentou parar várias vezes, agora deve parar definitivamente, tem 50 e tantos anos e os dentes ainda brancos intactos, o que é um milagre a ser preservado para o que der e vier.

Em 1975, numa tarde chuvosa, pediu um cigarro a Xavier. Estava no corredor em frente ao centro acadêmico, batendo os dentes de frio, dando um tempo na pintura das faixas. Ele tinha acabado de escrever abaixo a ditadura em uma, na sua caligrafia feminina, e segurava o pincel enquanto mirava a obra. Ele acendeu um cigarro e lhe deu, e tirou o próprio casaco para cobrir o seu ombro. Ela recuou, mas teve que aceitar, pois batia os dentes de frio. Por alguma razão ela acabou indo embora vestindo o casaco, e ele não permitia que ela devolvesse, mesmo porque ela nunca estava protegida o suficiente no inverno para tirar o agasalho, e nunca tinha cigarros. Então ele enfiou um maço na sua lapela, quando alguns rapazes e moças foram juntos à casa dele para discutir a situação.

Como ficava à beira de um córrego em Pinheiros, canalizado, e fazia muito frio, ele trouxe um cobertor para ela, e continuou falando sem parar sobre a situação. Tinha uns dois ou três pufes pela sala, um tapete peruano e uma foto de Trotski na parede da sala, ao lado de André Breton e Diego Rivera. O que Xavier falava era ouvido em silêncio absoluto pelos outros, lembrava as histórias lidas por ela. Só que ela era bonita e Xavier era feio, muito alto e feio, o cabelo oleoso escorrido numa franja que tapava um dos olhos, pele ruim e barba falha. Sentados nos pufes, quase ao nível do chão, ele pegou um dos dedos da mão dela para acariciar, debaixo do cobertor. Ela deixou, não diria não em nenhum momento daquele discurso. E ele ficou só no dedo.

Quando as pessoas se foram, ele disse que a levava, mas antes tomaram café na cozinha, e a moça da limpeza (a república tinha uma moça da limpeza) passou por trás dela, se esquivando entre as costas da cadeira e os azulejos da parede, e disse alguma coisa para ele que precisava traduzir. Ele nem respondeu. Ela e Xavier ficaram sozinhos, a noite trouxe mais frio e chuva, e ela se recusou a dormir ali, nem que fosse na sala. Mas acabou dormindo. E foi na cama dele, uma cama de ferro que rangia, e eles passaram boa parte da noite olhando para o teto, em que as sombras úmidas da chuva se moviam.

Ele finalmente botou a mão na barriga dela, depois desabotoou sua calça, ela estava tremendo de frio, e ainda assim ele tirou sua meia-calça e a pele translúcida de suas pernas se arrepiou. Ele foi esfregando suas pernas e beijando sua boca com ardor cada vez maior e ela foi aquecendo, até que abandonou os braços sobre os lençóis gelados e ele tirou a cueca, trouxe a mão dela e fechou a palma no seu pau. Ela não sabia direito o que fazer, e assim que pôde tirou a mão, ele foi para cima dela, tirou sua calcinha, abriu suas pernas com os joelhos e tentou entrar. Doeu, ele gozou logo, ela ficou fazendo contas, as coisas boiavam na sua cabeça, ele ainda estava em cima dela e ela continuava fazendo contas, começando pela data da sua última menstruação, caindo para quanto tempo fazia que não via Elyseu, depois lembrando do pai fazendo contas também, mergulhado na poltrona com o livro de cabeça para baixo e, portanto, alheio ao mundo, fazendo contas.

Na manhã seguinte, o sol apareceu. Ela deixou o casaco e foi embora. Xavier ainda não havia acordado. Ela gostaria de vê-lo ainda naquele dia, ou não, não tinha certeza. Ao se lavar no banheiro, viu uma calcinha jogada num canto, que podia ser de uma das tantas mulheres que deviam trafegar por ali. Era minúscula. Ficou enciumada, jogou a calcinha no quintal. Naquela mesma tarde, durante uma passeata, Xavier foi agarrado pelos cabelos numa escadaria. Um policial à paisana chutou-lhe a bunda; foi jogado num camburão. Ela soube disso no dia seguinte, por Eduardo, que estranhou sua ausência. Tinha ido ver o pai.

Elyseu não tinha objetivos muito fixos. Movia troncos cortados de um lugar para o outro, incendiava formigueiros, podava as folhas selvagens e as flores descabeladas, aparecia soprando um dente-de-leão, e tudo permanecia igual atrás dele. Estava mais calmo, um pouco mais arqueado, desses bambus gigantes que se dobram e não quebram e continuam atraindo os raios da vizinhança. O último a cair era um velho famoso na região, um sujeito de arma na cintura. Desde que Elyseu começou a exibir discretamente a sua espingarda e o seu cão, e a espalhar as sombras na floresta, e a treinar tiro nas latas de conserva, o velho foi se atocaiando, à espera do momento certo para aparecer com seus grileiros. Às vezes um sujeito se afastava de sua propriedade e quando voltava eles estavam lá dentro. Ou acontecia o que aconteceu com a menina e Lourdes, postas para fora. Mas o velho envelheceu demais, e tinha caído do cavalo. Agora, mancava e a arma tinha emperrado numa salva de tiros que ele tentara fazer, bêbado, no centro da cidadezinha. Agora tinha medo de Elyseu, e Elyseu, por força do hábito, não largava mais a espingarda, e não andava mais sem a quarta geração de Mel, um pastor simpático que ele chamava de Geisel. E ninguém ousava transpor o portão elétrico sem se anunciar. Elyseu continuou movendo as coisas de lugar, do jeito que bem entendia, e só havia sobrado um funcionário, e a casa precisava de reparos. Ele continuava movendo as coisas de lugar, olhando melancólico para as chaminés de uma fábrica que se erguera no alto da colina, e agora apenas um fio d'água se projetava na represa, cada vez mais rasa. O grande defeito do cão era continuar comendo as aves. Então não havia mais nenhum pato.

Elyseu e filha, agarrada nas suas costas, de bicicleta, vindo pela estrada à noite, logo que se mudaram; a lanterna falha; o obstáculo de sapos imensos no meio do caminho fantasmagórico; e a arrancada que ele decide dar, depois de uma breve indecisão; ela se agarrando ainda mais e lá se vão eles, os sapos pulando ao redor, o mar se abrindo.

Você se lembra?

Ele está na cozinha fazendo café, as silhuetas girando no prato vazio da vitrola, contra a luz.

Lembro.

Quando viemos para cá, mamãe tinha morrido fazia quanto tempo?

Ele bebe um comprido gole de café.

Oito meses.

Quanto tempo durou nosso luto?

Isso ele não respondeu. Ficou pensando. Aparentemente, para ele, o luto ainda não havia acabado. Da morte ela não se lembra, deu branco. Da morte ela perdeu a coragem de perguntar detalhes. Lembra-se do enterro, era um dia lindo. Ela estava encostada no terno preto do pai, e usava um vestido preto, que tia Zi havia comprado. Nunca tinha visto a tia sem uma risada que fosse, e não houve nenhuma por um bom tempo. Até que um dia ela sorriu, e ela tem essa data como a quebra do luto. Foi no dia do seu aniversário. Ela riu também, olhou para o pai e não encontrou a mesma coisa, só as faces encovadas. Ele foi generoso, no entanto, e deixou as duas na cozinha, pedindo licença para ir ao banheiro. Zi segurou o queixo dela na ponta do dedo.

Vamos pra fora, está um dia lindo.

E ficaram se espreguiçando no quintal. Era de manhã, o caminhão de mudança estava para chegar, levando tudo embora. Antes, elas ficaram se espreguiçando juntas, no sol, e ela ainda vestia o seu pijama de flanela. E Lourdes tocava uma sinfonia de panelas na cozinha.

Poucas vezes ela encontrou uma mulher na chácara. Nenhuma vingou, da mesma forma que os seus namorados. Quando voltou para casa no dia seguinte, e o seu apartamento então era uma quitinete que ela precisava manter trabalhando em vários bicos, sentiu-se numa prisão. Tentou ler uma revista de economia — só lia revistas de economia, porque era feito dormir diante da televisão — e, por fim, resolveu encontrar Xavier. Era cedo, ela foi até a casa dele, ele abriu a porta muito mal-humorado, estava com outra pessoa no quarto e fez questão de não esconder isso. Ela ficou parada no meio da sala, entre os pufes, vigiada por Trotski, Breton e Rivera. E decidiu ir embora.

Tarde demais: estava apaixonada. E isso durou muito tempo. A coisa não saía do corpo de jeito nenhum. Ela voltava ao quarto dele, e prometia, entre lágrimas, nunca mais voltar. Os lençóis eram sujos, elas iam e vinham, e ele escrevia no jornal da escola, e para ela ele não sabia escrever direito, mas tudo bem, ela o amava mesmo assim. Eduardo a arrastava da "casa diante do rio encanado" sempre que podia, não aguentava mais ouvir falar dele. Então ela decidiu que precisava fazer alguma coisa, e começou viajando para a praia, sabendo que Xavier ficaria ali enxameado de mulheres. Ela sabia que era a mais bonita, e nem por isso a mais importante, o que poderia fazer?

Na praia deserta, ela e Eduardo acamparam e foi um inferno. O carro velho do pai, emprestado, quebrando dentro de um dos túneis intermináveis. Depois, os mosquitos, o frio, a água gelada, a tentativa de transar dentro da barraca que é ainda muito menor que o seu cubículo, e não dá nada certo, ela está menstruada e fica meio sem jeito, inquieta e rindo na hora errada e é claro que ele para, depois de muitos minutos. Lá fora, uma vaca estaciona ao lado da barraca. Ela muge. Eles põem a cabeça para fora e ficam admirando o espetáculo da vaca que muge.

Você que trouxe?, ele pergunta.

Dito isso, ela expulsa a vaca e eles saem para caminhar juntos. E decidem ir embora, para alívio de todo mundo. Eles não conseguem parar de rir e depois ela não consegue parar de chorar. E arrisca o pé numa onda, que agora ficara quente. Desmontam a última barraca das suas vidas.

Os cadáveres na luz azul da noite, boiando em poças de sangue, e o tênis demora a descolar do chão, do sangue pisado, o que a deixa horrorizada. Tinha prometido não dar escândalo e engoliu o nojo, não foi vomitar à margem da estrada, no capim alto iluminado pelo farol do rabecão. Wander está tirando fotos bem de perto. Para um dos closes, move a cabeça da vítima para a esquerda, e descobre uma flor escura na sua têmpora. O policial civil guarda a arma no coldre e vem desvirar o cadáver para a posição inicial, bastante irritado. Eduardo ficou próximo do carro de reportagem, não teve coragem de chegar mais perto. Acendeu um cigarro e fumava dando baforadas curtas, a mão no bolso. Os flashes de Wander ainda espocavam quando ela viu os olhos faiscantes de um animal deslocando-se no meio do mato. Não havia estrelas no céu, nem luar, apenas as luzes amarelas das casas que subiam o morro. Ela deu um grito e tapou os olhos. Wander despertou, baixou a máquina e chegou perto na sua ginga estranha, devida a certo pino de platina no fêmur que ele inventou para justificá-la. Ele é cabeludo, usa terno e gravata, dá um tapinha nas costas da moça e ampara sua cabeça no ombro, acaricia seus cabelos. Faz tudo isso acompanhando os movimentos do repórter, um homem ainda mais elegante e perfumado, que chama os cadáveres femininos de princesas, e com quem não conversa há dez anos, embora sempre trabalhem juntos.

Não é pra tanto, ele diz. Eles eram bandidos.

Eduardo se aproxima.

Eu disse pra vocês não virem. A coisa é pesada, disse Wander. E deu um sorriso triste. Vamos embora.

Wander tomava um caldo de mocotó no bar diante do jornal, velhos revisores entravam e saíam de cara amarfanhada, e um deles, de bigode cor de alcatrão e rosto violáceo, perguntou quantas princesas hoje.

Nenhuma, Wander respondeu, olhando direto para ela, em quem os homens faziam questão de esbarrar. Sentada no tamborete, cotovelos apoiados no balcão, entre o fotógrafo e Eduardo, tinha o nariz vermelho de tanto chorar.

Não quero isso pra mim, ela disse, virando para Eduardo.

Isso é a realidade, disse Wander, olhando para o balconista. É o choque da realidade. Poesia não entra aqui.

Dentro do fusca, o repórter perfumado dorme.

Espero não ter arruinado nenhuma vocação, disse Wander. Ele olhava para o fusca com ódio. As fotos já estavam na redação, eles podiam ir embora. Ele cochichou no seu ouvido que ela poderia vir com ele, se quisesse. Ela não iria de jeito nenhum. Ele era a realidade na sua pele lustrosa e cabelo ensebado. Ele lembrava um pouco Xavier. Então ela se deixou levar para a casa dele, enquanto, perplexo, ainda que sonolento demais, Eduardo tomava um táxi.

Wander não morava muito longe dali. Era no vigésimo andar de um prédio ainda mais alto, um apartamento grande e limpo, lotado de móveis escuros e robustos. Ele sentou numa poltrona do canto, acendeu a luz do abajur e tirou os sapatos. Chamou-a para perto de si, ela demorou a se aproximar — permaneceu no meio da sala, ainda segurando a bolsa, com cara de choro. Quando chegou perto, ele riu e deu uma suave tesoura nas suas pernas. Ela perdeu o equilíbrio, e ia cair se ele não a amparasse no ar. Ela deixou o corpo nos braços dele.

Nossa, como você é bonita, ele disse, e afastou a franja da frente dos seus olhos.

Acho que eu preciso ir embora.

Você nem chegou ainda.

Mas eu preciso ir embora. Eu acho esse apartamento muito sinistro.

Não é meu, ele disse. É de um amigo. Eu moro num lugar pequeno demais para nós dois.

Eu também.

É essa a realidade.

Chega de realidade por hoje.

Chega. Você podia beijar um sujeito tão feio quanto eu? Eu sou tão feio que chego a ser irreal.

Duvido que saia um príncipe daí.

No entanto, ela se deixou beijar. E foi mesmo horrível. Como ele não parou mais, ela ficou, por exaustão. Nem sequer largou a bolsa. Ele era amigo de Eduardo.

Ele é perigoso, disse Eduardo.

No casamento de Eduardo e Valeska, Wander reapareceu. Alguns anos haviam se passado. Seu namorado na ocasião tinha sumido, ela estava sozinha. Do seu lugar no banco da igreja, de joelhos, Wander olhava para ela. A família de Eduardo estava toda segregada no mesmo lado, ela junto. Valeska apresentava um noticiário na televisão; tinha um jeito mecânico de dizer as notícias. Eduardo, o cabelo tristemente emplastado, suava. Parecia menos bonito, nervoso, e também olhava para ela, perseguindo sua aprovação. Havia gente famosa no outro lado, e Wander saiu fotografando rostos esquivos. Valeska olhou para ele e para ela, ao descer do altar. Não lhe deu a mínima, ao ser apresentada; ou melhor, deu beijos falsos de autômata. Só notou que Wander não tirava os olhos dela. Não entendeu o seu nome. Achou que fosse outro. E não entendeu por que Eduardo deu um abraço tão longo nela. Talvez porque ela fosse bonita, embora não mais bonita do que ela. Quer dizer, parecia sem sangue. E sangue era o que não faltava em Valeska. Estava menstruada para a noite de núpcias. E Wander já tinha transado com ela menstruada, e tinha tirado dela um dedo todo molhado de sangue, que mostrou para ela.

Não deu muito certo aquilo, o casamento, Eduardo sumiu por uns meses e voltou grávido de uma menina. Não estava feliz, porque Valeska não saía do pé dele, implicava com tudo, dizia que casara com o sujeito errado e se soubesse não tinha casado, tinha feito a fila andar, você é um fracassado, um porcaria de um professorzinho, a sua sorte é que você é bonito, só que beleza não põe a mesa, se eu soubesse não ficava grávida de você, etc. Tudo coincidiu com o declínio de Valeska na televisão. Ela envelhecera um bocado desde que casara no limite da idade em que uma mulher começa a perder o viço, ladeira abaixo. Acabaram se separando um pouco depois do nascimento da menina, e a mulher seguiu infernizando Eduardo atrás do dinheiro da pensão, que ele pagava religiosamente; e sofria muito, longe da criança, um bebê bonito que eles batizaram — num momento de rara tranquilidade entre os dois — com o nome da grande amiga de Eduardo.

Por que diabos uma pessoa escolhe um nome desses de professora velha, pensava ela, sem se dar conta de que o fenômeno avançava pela cidade, a maré tinha virado, as pessoas começavam a achar o nome bonito, sem ninguém saber por quê.

Elyseu ouviu rindo, encolhido na poltrona, os ombros cobertos por uma manta ancestral. Como pode? Ele também estava mais envelhecido, tomava muito cuidado na hora de vistoriar a horta, temendo escorregar com as velhas botas de borracha e já não arrastava mais tantas coisas do lugar.

Todo mundo acha meu nome bonito. E o Eduardo deu meu nome para a filha dele! Como pode? Como é que aquela chata da mulher dele aceitou?

Valeska havia se enganado quanto ao nome da amiga do marido, que para ela era outro, parecido. Como Eduardo se afastou da amiga por um tempo, ela não teve ciúme. E quando Eduardo, meio de saco cheio, escreveu o nome na lista grudada na geladeira, estava brincando, estava sendo sarcástico, estava provocando. E foi justamente o nome que Valeska escolheu. Ela e o resto da família dela. Soava chique, fino, nomes velhos entram e saem de moda o tempo todo, e a criança cresce com um nome que só vai lhe cair bem na velhice.

Então está bom, ele disse, de boca aberta. E foi correndo telefonar para a dona do nome.

Muito depois da separação, Eduardo ainda estava magro e abatido. Ela precisava arrancá-lo de casa e levar ao cinema. Ele não podia ver uma criança, que ameaçava chorar. Ela lhe dava uma cotovelada e ele acordava. Eles foram ver *Os Sete Samurais*, e ele chorou uma porção de vezes, chorou no combate sob a chuva e em todas as mortes dos samurais e ela não pôde fazer nada a respeito, a não ser chorar a sua parte também.

A criança tinha uma babá. Quando Eduardo ia visitá-la, a babá não desgrudava deles. Ela era muito dura com o bebê. A menina era muito branca, de cabelo espetado e preto, e bochechas rosadas. Eduardo aguentava a babá, fazia tudo o que ela mandava, iam passear e ele tentava segurar a menina. Ela não deixava. Então um dia ele meteu o cotovelo nela e pegou a menina no colo. Ela disse que ia contar para a patroa, e ele disse se contar eu te mato. Ele era tão bonito, parecia um diabo, assim, enfurecido. Assim ela foi amansada, e a partir daí ele fez o que quis. Começou a falar grosso inclusive para a turma do fundão, que não entendeu nada — aquele professor de orelhas de elefante rosa.

Quando ela viu a menina pela primeira vez, aos oito meses de idade, achou que era a criança mais linda do mundo. Apenas um pouco triste, branca feito um lírio, as fadas tinham se debruçado sobre o seu berço, Eduardo disse. Era só um pouco triste, não ria, abria aqueles olhos grandes e pretos, de cílios enormes, e observava, não deixava um detalhe sem estudar. Um mês depois estava andando, e Eduardo conseguiu que ela dormisse um fim de semana sim, outro não, e todas as quartas-feiras na casa em que ele morava agora, um apartamento pequeno, onde havia um berço coberto por um mosquiteiro de tule. Para ela, erguê-lo era entrar no reino das fadas, embora a menina não sorrisse nem ao ver no céu a cara familiar e enorme. Acostumada à eloquência do próprio pai, ela entendia o silêncio da menina, e as duas seriam amigas por toda a vida; pareciam mãe e filha, ainda que tão diferentes, uma loira, a outra de cabelo escuro, sem estrela. Passavam muito tempo juntas, porque Eduardo não deixou de visitá-la todo sábado, e às vezes ele e a menina dormiam lá e ainda passavam o domingo, mais ainda depois da morte de Elyseu.

A menina tinha poucos amigos. Entrou na escola em que ela dava aula. Um dia, caiu na sua classe. A professora piscava para ela, fazia graça, ela se encolhia na carteira, nunca ria. Um dia, na classe, ela riu. Todos olharam para ela, para o bichinho estranho que os colegas tratavam de segregar. O uniforme não ficava bem, ela deixava o cabelão crescer, a mãe mandava a babá dar um jeito nele, alisando-o com toda força, esticando-o pra trás e prendendo num rabo, todo dia o mesmo rabo que ela soltava, e o cabelo ficava livre, ao vento, no corpo branco e frágil sentado sozinho na hora do recreio, ao pé da bandeira hasteada.

A menina engordou, continuava sem amigos. No final daquele ano, num belo dia de sol, uma gritaria irrompeu no pátio, no meio da aula. Todos foram para a janela, e viram o espancamento de um professor por três alunos que aprendiam jiu-jitsu. Ele foi chutado no chão. O velhinho que cuidava da limpeza conseguiu meter o esfregão na cabeça de um deles, a mulher gorda da cantina apareceu segurando uma panela cheia de óleo fervendo e se interpôs entre o professor e os meninos. Um deles sangrava; o velhinho seria demitido.

Todos na janela ouviram o grito. Era a menina, acuada num canto da sala, chorando sem controle, puxando os cabelos, urrando. Foi um choque para toda a classe. Um colega ameaçou rir e levou um golpe no estômago.

Alguém trouxe água com açúcar, demorou muito tempo para ela se acalmar, nos braços da professora. Demorou muito até que ela ficasse fungando apenas, as narinas vermelhas, cheias de muco que escorria, e alguém trouxe um lenço de papel para ela limpar. Ela olhava para os rostos do mesmo jeito que observava o mundo quando bebê, o olhar curioso e neutro, lágrimas dependuras nos cílios, sem cair. Isso levou a professora às lágrimas também, e a classe se espantou outra vez, a menina inclusive.

Foi um dia feliz. Começou no final da tarde de uma sexta-feira, quando eles se encontraram num boteco perto do cursinho. Ficaram conversando numa mesa cercada de mesas de alunos curiosos. Eduardo ainda vestia o guarda-pó e a filha, de preto, compenetrada no seu copo de cerveja. Parecia não haver diálogo nenhum, mas eles de repente se animavam e falavam e depois ficavam quietos, como costumavam conversar desde que ela começou a construir frases inteiras e não havia mais babás para ficar se inteirando do assunto. Eduardo estudava o rosto da filha para tentar entender de onde tinha vindo, e quando não encontrava nenhum traço que lembrasse a sua própria fisionomia, deixava-se iluminar por uma leve expressão, um esgar, um jeito de grunhir diante de uma adversidade que era sim muito próximo do jeito da menina.

Aí eles ficavam bem parecidos, era o seu ponto de confluência, que, ao ser descoberto, virou motivo de alegria para ele, e fez a conversa andar.

Não era o fim de semana do pai. Mas ela estava apaixonada por um colega de classe e precisava contar a alguém. Não sabia como contar. Foram andando até o ponto de ônibus, uma tempestade começou a cair, tiveram que se abrigar debaixo de uma marquise, que foi varrida por uma enxurrada. Então eles subiram as escadarias de uma igreja, cuja porta estava entreaberta, e ele disse é um sinal do Senhor para a gente se converter e eles entraram pingando e sentaram nos bancos lustrosos, e ficaram olhando as imagens rodeadas de velas. Ele contou que tinha viajado à Itália uma vez e que gostava de entrar nas igrejas para descansar, como se fosse um devoto peregrino. E mirava as compridas colunas que cresciam para o céu, e estudava as sombras das imagens que tremeluziam nas paredes altas, iluminadas por grandes velas, e também gostava de ver as mulheres de véu, os velhinhos esmagando os chapéus na mão, de joelhos, implorando alguma coisa a algum santo distorcido pela catarata. Era uma forma de respirar fundo depois de uma longa caminhada pelo mundo secular, e refrescar a testa com água benta, e não ter nenhum compromisso com milagres se você não espera milagre nenhum, era procurar os púlpitos, quando havia (nem sempre), e lembrar que o padre costumava subir neles na sua paróquia, e a missa era inteira em latim, o que o fazia sonhar e descolar seu espírito para outros mundos.

Pai, eu tô gostando de uma pessoa.

Foi isso que ela disse? Ele procurou não virar abruptamente o rosto, para não espantá-la, de tanto que achou importante a revelação. Olhou de lado com um sorriso casto e disse que legal, acentuando, mas não muito, a surpresa, e perguntou quem era a pessoa. Ela contou quem era o menino. Não tinha como ele saber, mas era um dos que tinham batido no professor alguns anos antes. Eduardo ficou feliz e preocupado.

Isso é muito bom, ele disse. Você já falou com ele?

Claro que não, ela disse. Não podia, ia estragar tudo. Além do mais, ele não tem nada a ver comigo.

Sua mãe não tinha nada a ver comigo, e ainda assim...

Péssimo exemplo, Eduardo.

Nos últimos tempos, num acesso de revolta, ela começara a chamar os pais pelo nome, e a mulher que lhe emprestou o nome, de mãe. Só que muitas vezes esquecia. Mesmo porque a mãe ficava possuída quando chamada de Valeska, nome que detestava, e só dava atenção se chamada de Val.

Em aberta camaradagem, assim que a chuva parou, pai e filha se benzeram por nada e foram embora.

Pena que você não fique comigo hoje, ele disse.

Mas a gente podia ficar junto, se você não se incomodasse.

Sua mãe...

Eu disse para ela que ia a uma festa. E vou. E você pode vir junto. Só esconde esse guarda-pó.

E foram. Era um show, não era uma festa, e começava a uma da manhã, mas a casa abria às 11. Eles voltaram ao botequim e ele de novo deixou que ela bebesse cerveja, tinha pedido muito, dizendo que todos bebiam, por que não ela?, e ele acabou permitindo.

Finalmente entraram no clube. Era uma casa apertada, de paredes suarentas e uma nuvem de fumaça no ar. As pessoas tinham os cabelos eriçados, se vestiam de preto, era a fauna dela, e a menina foi apresentando os amigos pálidos como ela, entediados e de aperto de mão mole como o dela. Eduardo estava com a pasta debaixo do braço, ela o guardou atrás do caixa, ela conhecia todo mundo e o leão-de-chácara fechava os olhos para os 15 anos dela, para sua altura mínima. Ela foi para a pista e dançou, as luzes estroboscópicas explodindo, logo eram só três ou quatro movimentos de uma dança mecânica que ela exibia para o pai.

De repente, a música parou, uma banda entrou no palco, no escuro, e ligou os instrumentos. O vocalista deixou que o microfone apitasse, e depois que todo mundo tapou os ouvidos, começou a cantar numa voz cavernosa. A menina se aproximou e enroscou o braço no braço de Eduardo. Ele segurou sua mão e apertou forte; ela estava eufórica, os ouvidos de todo mundo a ponto de estourar. Eduardo não se moveu, não queria estragar nenhum segundo, a mão da menina sempre fora macia e quente, mesmo quando ela estava nervosa ou triste. Ele sempre tivera medo de que ela sofresse um dia, ela parecia sofrer o dia inteiro. Agora ele tinha sono, mas estava feliz e despreocupado.

No último Natal em que os três passaram juntos, Eduardo trouxe um panforte que alguém havia feito com uma receita encontrada na Internet.

Um panforte de Siena de São Paulo.

O diabo é que só tinha coca-cola para beber na casa, tirando as garrafas coloridas. Dentre as garrafas coloridas não havia nada que combinasse com o panforte, e também não havia cerveja para a menina beber. Eduardo, a essa altura, já estava cansado de permitir que ela bebesse, pois ela ainda era menor e havia uma lei para isso, logo era melhor ela não desobedecer a lei e parar de beber até cair como a maioria dos seus amigos. Então, nem uma gota de álcool, ele disse, mas a discussão de frente aconteceu entre ele e a amiga, a respeito da coca-cola. Eles lembraram de uma professora da faculdade que dizia para os alunos pararem de beber coca-cola, que era uma forma de combater o imperialismo. Eles acharam uma piada na época, e isso custou algumas aulas de troca de insultos e gozações que acabaram magoando muito a mulher.

Hoje eu acho que ela estava certa, ela disse, eu odeio tudo que é americano, eu por mim tocava fogo em tudo.

Eduardo começou a rir, ela foi ficando ainda mais furiosa.

Você fica mais bonita como incendiária.

A gente devia jogar a coca pelo ralo, ela disse. Apanhou a garrafa de dois litros e foi até a pia. Ele tentou agarrá-la, a garrafa caiu. Ela deu um empurrão nele e ele caiu sentado. Ela bufava, descabelada.

A batalha não durou muito, apenas o suficiente para a menina atacar o bar e as garrafas coloridas, e beber o que pudesse no gargalo. Quando eles se deram conta, ela já estava sentada no chão, num canto da sala, ao lado da árvore de Natal de luzinhas piscantes. Piscava os olhos no ritmo das luzes, olhando para o Natal.

Não havia peru nem nada, só alguns doces e salgadinhos, ela nunca soube cozinhar. Estavam todos de barriga vazia, e a menina começou a vomitar na árvore. Eles correram com ela para o banheiro, fizeram um café amargo, deu ainda muito trabalho antes de ser levada para o quarto.

Ela e Eduardo ficaram sentados na sala, um ao lado do outro, a árvore de Natal apagada. Eles mudaram de assunto. Concordaram que o álcool era o grande problema de meninos e meninas.

Por volta de meia-noite, ela saiu do quarto, a cara amassada, e sentou-se entre eles. Ela se animou a entregar os presentes. Para a menina, um disco em que o penteado do guitarrista, na capa, lembrava o dos amigos dela.

Para Eduardo, uma camisa, a camisa da felicidade. A camisa da felicidade:

Um príncipe vivia rodeado de riquezas e de uma corte rastejante e no entanto era o homem mais infeliz do mundo. Nunca estava satisfeito. Médicos dos confins do reino vieram tentar curar o seu tédio, mas não adiantou. Por fim, alguém indicou um velho feiticeiro que vivia escondido numa gruta distante. O príncipe foi se consultar e ouviu:

Vossa Alteza tem que vestir a camisa de um homem feliz.

O príncipe convocou todo mundo para conseguir a tal camisa, mas ninguém era feliz, sempre havia algum obstáculo para a felicidade das pessoas. Então suas camisas não interessavam, ainda que fossem as mais bonitas.

O príncipe saiu um dia para cavalgar e, no desespero, meteu-se em disparada por uma floresta escura. Perdido, encontrou a cabana de um lenhador, que era um homem visivelmente feliz: não importunava as pessoas, vivia em paz consigo mesmo, não tinha tudo o que amava, mas amava tudo o que tinha, etc. Uma simpatia. Só que não tinha camisa nenhuma.

Não tenho camisa!

Nem suéter, nem nada, apenas um camisolão com o qual dormia nas noites de frio. E era uma uma peça de roupa horrível. Então o príncipe compreendeu que a felicidade não estava numa camisa, estava...

...Num camisolão!, gritaram eles.

E, depois de um grande silêncio, Eduardo contou como a pessoa que tinha feito o panforte fora obrigada a bater nas portas de algumas igrejas para ver se arrumava a hóstia que era a base do doce. Os padres só tinham hóstias pequenas, e mesmo as hóstias maiores, que eles mordiam na sagrada eucaristia e engoliam com vinho, mesmo estas eram menores do que as usadas no panforte. Logo, a pessoa teve que improvisar. E por isso o panforte tinha que ser dividido como uma provisão no deserto, um pedaço de pão no meio da floresta, um raro panforte de Siena de São Paulo. E foi assim que eles o dividiram.

Ela ganhou de presente um vestido preto, de um tecido estranho e bonito, e o vestiu ali mesmo. E se não fosse tarde eles teriam ido à missa do galo na igreja da Consolação, ali perto, como Eduardo havia prometido. Os três dormiram pela sala.

Wander

Não sabia por onde você andava, não tive notícias suas esses anos todos, foi uma surpresa receber sua mensagem. Como me encontrou?

Você me pede para falar sobre o que aconteceu. Pois é verdade.

Você me pergunta de Eduardo. Ele já era uma pessoa triste, não sei se você se lembra, apesar daquele otimismo radiante que a gente às vezes até tratava de espanar, para que não ficasse ali o tempo todo, na cara dele, sem nenhum motivo aparente, já que nada é tão divertido assim no mundo para que se fique rindo o tempo todo, você há de concordar. Pois agora ele está curado.

Ela era tudo para nós. Eu cuidei dela como uma filha, desde os oito meses. Tinha o meu nome. Quem mais você conhece que se chame assim?

Foi uma coisa besta o que aconteceu. Ela estudava na escola em que eu dou aula. Naquele dia, 18 de junho de 2000, por volta de dez e meia da manhã, ela se sentiu um pouco indisposta e pediu para sair. Não era a minha aula, mas a outra professora me contou. Eu ainda tentei encontrá-la para dar uma carona, mas ela havia acabado de sair.

Quando entrei na sala dos professores, alguém veio correndo dizer. Tinha sido um ônibus. Não foi culpa do motorista, disseram. Para mim, ela estava sentindo dor ou pensando na vida daquele jeito dela, que enxergava tudo e não via nada, e se atirou na faixa de pedestres. Não me deixaram ir até lá.

No enterro, a mãe permaneceu ereta diante do túmulo, mas destruída por dentro, claro.

Eduardo olhava para baixo, não tirou os olhos da terra. Os amigos todos da menina estavam lá, não eram muitos, eram como ela. Estavam muito abalados, o século XXI se abriu para eles de uma forma sinistra.

Agora estou eu aqui, sem ela. E sem o meu melhor amigo também.

A vida é só um relógio sem sol? Isso é poesia, poesia não entra mais aqui. Talvez amanhã o sol apareça. Hoje mesmo eu disse uma coisa qualquer que me fez rir, e ele estava lá, espiando. E assim nós vamos indo.

Um beijo,
Ilíria

Uma outra lembrança veio à tona, difusa, empurrada do fundo pela lembrança da morte da menina.

Ela afinal enxergou o corpo do pai, inerte na cama, numa manhã de domingo, iluminado pelos raios de sol que conseguiam vazar da veneziana. Parecia estar dormindo, mas ela sabia que não estava, pois Lourdes bateu na porta do quarto e ele não atendeu. Era uma dessas pessoas que saltam da cama novas em folha, de manhã. Lourdes entrou no maior cuidado. Ele estava morto. Lourdes telefonou, já não estava muito boa da cabeça e dizia qualquer coisa que precisava de tradução, e ela saiu voando e entendeu.

No caminho até a chácara, de automóvel, recuperou a atmosfera dos primeiros tempos em que se mudaram para lá. O capim alto e amarelo da beira da estrada, a fileira de árvores abraçadas, a multidão de sapos que saltava na margem e que agora estavam extintos, as torres de luz, as casinhas dependuradas nos barrancos, a coruja no telhado, de olhos bem fechados, o grileiro cuja idade era impossível de decifrar, encostado no balcão de um bar de madeira, a velha com seu feixe de lenha, e mesmo Mel voando na direção do portão elétrico, que ainda se abria silencioso. E, ao chegar, ela não conseguiu passar da sala, de onde olhou para a represa ainda mais baixa, o fio d'água triste e lacrimoso, os patos inexistentes, uma tartaruga apoiada num tronco, tomando sol, virando solene o triste pescoço, a velha cabeça. Ela teve que andar até o quarto, um quarto de século para chegar, e ele estava mesmo lá, parecia estar mesmo dormindo, embora estivesse morto e há muito tempo não movesse mais as coisas de lugar, como fazia. Foi se apagando. E tudo ficou vazio, a partir desse momento, e sem sentido, mesmo a mobília mais antiga, e tudo que ela conhecia há tanto tempo.

Ela ligou para Eduardo, que veio o mais rápido que pôde. E encontrou-a dormindo embaixo da velha mesa, tremendo de frio, as luzes todas apagadas.

Na noite anterior a 18 de junho de 2005, tia Zi convidou-a para jantar num restaurante famoso. À certa altura da sobremesa, Zi adormeceu, iluminada pela luz de uma vela, as mãos juntas sobre a mesa. Ela não teve coragem de acordá-la, achava que poderia ter morrido. Parou de comer, pediu um café cochichando para o garçom, e esperou. Nesse momento, um bando de executivos entrou no salão. Entre eles, um

Xavier muito mais calvo, feio e barrigudo, que ela quase não reconheceu. Sabia que ele ocupava um alto posto no governo. Ele a viu e se interessou, veio flertando. Ao se aproximar, no caminho do banheiro, percebeu que era ela. Não parou. Ela estava mais preocupada com a tia, que demorou a abrir um dos olhos, e o outro apenas alguns segundos depois.

Estou vendendo a chácara, ela disse. Lourdes não está mais lá faz tempo, não tem por que manter aquilo. Me ajuda a arrumar um comprador?

Sonhei com tua mãe, ela disse. Éramos meninas de novo, e minha irmã era de novo falante e brava, só queria fazer coisas de menino.

Muitas noites depois, Eduardo apertou a campainha do apartamento.

Você está com a cara bem ruim, ele disse.

Você está pior ainda.

E, sentados um do lado do outro no sofá, fizeram um longo silêncio. Até que ele disse:

É a confusão de uma vida inteira.

É o que a gente tem.

E depois de mais um tempo, ela disse:

Quer ir comigo pra chácara? Eu vou vender.

E foram naquela noite mesmo.

A luz do luar permitiu que vissem o quanto a água da represa havia baixado. A mesma tartaruga estava plantada no tronco descoberto no meio do lago. Devia ter cem anos. Uma frota de patos novos em folha deslizava mansamente sobre as águas. Não deveriam estar dormindo?

Ela voltou o olhar para Eduardo. Pensou um pouco.

Você continua bonito. E suas orelhas, elas foram se recolhendo e não são mais de abano.

Ele riu (pela primeira vez em quanto tempo?).

Eu operei, ele disse. Minha orelha foi consertada.

Ah! (Pensou um pouco.) Quase tudo tem conserto, ela disse.

Quase tudo, ele disse.

Você podia dormir comigo esta noite?

Embaixo da mesa?

É. Embaixo da mesa é bom. Não dá para sonhar debaixo da mesa, eu acho.

Pois eu queria que ela aparecesse no meu sonho, ele disse.

Queria? Você me conta se ela aparecer?

Conto.

E se por acaso meu pai aparecer...

Eu digo.

E minha mãe...

Ele riu (pela segunda vez). Falta alguém?

Lotei seu sonho.

Nunca vi nenhuma foto da sua mãe. Ela era bonita?

Sim, pelo que eu me lembro. Tinha o nariz pontudo, como o meu. Foi ela que inventou esse nosso nome tão bonito.

E seu pai deixou.

E você também.

HOMEM SEM OURO

Ele está lá e não está, envolto numa nuvem. Este não é o Rio de Janeiro. O sol desapareceu à luz do dia, a Baía de Guanabara ficou preta e branca, não há velas, só ondas violentas na arrebentação. Este é o meu Rio de Janeiro.

Não gosto de praia, não gosto de sol, gosto de olhar o que o míope vê.

Ontem à noite um objeto brilhante cortou o céu escuro. Os discos voadores são comuns por aqui. Então posso morrer feliz, no frio da orla, sentado à beira do calçadão com meu agasalho. Pois um objeto assim pode passar, e passará no meu sonho.

Ontem o céu estava aqui embaixo, nas constelações que subiam os morros. Quer saber por que eu vim?

Larguei tudo o que estava fazendo, peguei o metrô até a rodoviária e embarquei no primeiro ônibus, com a roupa do corpo, agasalhado. E nada mudaria no clima, estaria frio nos dois mundos. O Cristo Redentor tentaria dissipar a névoa com os braços bem abertos.

Mal cheguei ao hotel e já peguei um táxi para Santa Teresa. Era cedo ainda, os bares estavam vazios. Sentei na mesa de um, o primeiro que me atraiu, e havia fotos das dunas do Barato na parede. Não sei por que, porque não bebo, talvez, pedi a cerveja que o imperador tomava (estava escrito num pôster). E nada aconteceu.

Fiquei olhando os que chegavam: hippies, meninos, chapéus panamá, tererês, bermudas.

Depois liguei para você no telefone preto do estabelecimento, tapando um ouvido no coração do barulho.

É o cunhado perfeito perdido, eu disse. Você entendeu, disse que não acreditava, que eu pegasse um bonde e fosse até a sua casa imediatamente.

E eu trepei no estribo do primeiro bonde amarelo que desabava ladeira abaixo.

Vim por sua causa, sem compromisso, rever uma amiga, sei lá por que, porque minha vida é assim meio quadrada?

O vento frio que entrava e saía do bonde me acordou: aquele era o meu Rio de Janeiro.

Lá embaixo me atrapalhei um pouco, consegui pegar o ônibus certo depois de muita luta; um homem fumava e batia os dentes dentro dele. Fazia mesmo frio. Desci numa rua das Laranjeiras, diante da árvore que era um cogumelo atômico de verde avassalador, explodindo a calçada e alguns paralelepípedos junto, e entrei no frescor escuro de um predinho antigo.

Apertei a campainha. Uma menina bonita atendeu, era sua filha. Ela chamou você e lá da cozinha você veio enxugando as mãos no avental. Estava cozinhando alguma coisa para mim!

Num primeiro momento achei que você tivesse encolhido, e você sempre foi a mais compacta; e que estava mais envelhecida do que deveria. Mas o que estou dizendo? Você era só uma menina da última vez que nos vimos. Agora tem 38 anos, uma filha grande. E eu estou indo para o buraco, deu para ver dentro dos seus olhos.

Este é o meu cunhado perfeito perdido, assim você me apresentou para uma amiga que também buscava o calor da cozinha. Ia e vinha explodindo a cortina de vidrilhos. Seu queixo sempre saliente, eu tinha esquecido, o corpo murchou um pouco, e eu me lembrei de como você era linda e de como sua irmã também era linda. Lembro de ter enlaçado você pela cintura, certa noite.

Conte-me a história da sua vida, eu disse num tom pomposo, para disfarçar.

E você fez um ótimo resumo e tudo ficou muito mais tranquilo.

Você foi a pessoa mais serena que já reencontrei. Em geral estamos todos envergonhados de nossos frutos tão daninhos. O marido da sua irmã morrendo no hospital outro dia, transplantando o fígado, e o filho deles, enquanto isso, dando uma festa de arromba em casa.

Mas você.

Você gostou de ouvir que o Pão de Açúcar estava guardado numa nuvem, e que eu tinha gostado muito disso.

Você entendeu. Dava para ver dentro dos seus olhos. Eram duas almas que gostavam do frio conversando. E se sua filha não entendeu nada, não disse. Apenas encostou a cabeça no seu ombro e sorriu. Foi a amiga que disse alguma coisa no sofá, mas estava dormindo.

Ela possui uma lapiseira velha de estimação que veio da avó e ama esse objeto que está com ela desde um dia estranho em que tomou um tapa na cara porque cortou o espaguete com a faca. Chorou muito e muito mais tarde a avó lhe deu isso, que ela tira da bolsa com uma certa indiferença. Mas é o seu bem mais precioso.

Para eu lembrar de não cortar o espaguete com a faca, ela diz.

Ela quer subir o morro, um morro perto do lugar mais distante da cidade, onde há pedrinhas brilhantes no chão, no sopé, e não são diamantes, mas também não são vidro.

Ela me aliciou com sua voz grave no telefone, queria me levar para muito mais longe do que onde eu deveria estar. E eu que não gostava de sair do lugar.

Vamos levar mantimentos, eu disse. Deixa eu fazer minhas malas. Vamos pegar um avião. E ela respondia séria, soprando o veludo da voz no bocal: Venha, rapaz, venha do jeito que estiver, como numa festa. Não é o fim do mundo, ela disse com infinita doçura.

Eu estou velho demais para sair do lugar.

Mas você vai adorar. Não quer ir?

Eu nunca disse que não.

Urubus, capim e tufos de flores vagabundas, céu amarelo, um homem deitado na carcaça de uma caminhonete corroída de ferrugem, um garoto sem calças perseguindo uma galinha e um cachorro de três patas atrás do menino, latindo por uma migalha de afago. Outros vira-latas sarnentos e felizes vêm ladrar contra o nosso carro, o menor urina num pneu.

Ela se esconde atrás de mim, sinto os dedos tamborilando nos meus ombros, o hálito doce ronronando ao deixar as narinas, bem na altura do meu maxilar, quando viro o rosto. Afasto os cachorros com um pontapé, e eles não estão nem aí, continuam na nossa cola.

E assim subimos o morro triturando as pedrinhas, ela requebrando no seu vestido azul e cinza, tentando se equilibrar nas botas, pisando decidida nos minérios do caminho, esticando o braço, que saía de uma blusa sem mangas, para me ajudar. Lá no alto, a porta pintada de verde, descascando; ela bate, arruma o vestido, olha para mim e sorri.

Olho para um muro que já existiu, os cachorros estão alinhados diante da linha imaginária, no jardinzinho de terra escura e úmida algumas roseiras se escoram em cabos de vassoura, vermelhas e brancas. A porta se abre largamente e Berta aparece enxugando as mãos no avental. Ela é alta e usa óculos, tem um olhar severo, cabelos meio revoltos, mas amansados como se tivessem saído do cabeleireiro.

Uma imagem de São Jorge na sala. Uma foto de um homem barbudo, de chapelão, sobre a mesinha de centro, de quem não consigo tirar o olho. Eu e ela nos apertamos no sofá, acho ótimo. Faz calor. Berta desaparece na cozinha e volta com dois copos de limonada. Senta-se e espera, as mãos cruzadas sobre o avental sujo.

Elas conversam, a mulher nota que estou absorvido pela foto.

É o Camilo Cienfuegos, diz, no meio de uma das frases que perdi. E volta a falar com a outra, depois ficam caladas. Ela olha para mim, sorri e espera que eu diga alguma coisa. Eu dou tapinhas nos seus joelhos e Berta se levanta em um golpe. Vamos para o ateliê, que fica no quintal, num cômodo caiado de branco, debaixo da sombra fresca de uma mangueira.

Não dá frutos, Berta diz antes de entrar. Ela se abaixa ao passar pela porta. Cinco caveirinhas batem seus ossos contra o vento, penduradas acima do vão.

Lá dentro, a confusão dos diabos; ela me dá a mão, vamos no trem fantasma.

Isso facilita a aceitação de tudo, da bagunça, da cara de poucos amigos de Berta, de sua voz masculina, da fumaça que ela sopra no quarto, que a envolve, a locomotiva aportando na estação pintada pelo Monet, pensei e ri. Que foi?, ela perguntou.

Cacarecos, um espanador, um patinho de borracha, uma cabeça de boneca de órbitas vazias e cabelo de plástico sem cor, uma caçarola de cobre nova, jornais velhos, cor de açafrão, uma perna de madeira com uma liga, um tecido puído salpicado de lantejoulas, garrafas transparentes cheias de um líquido barrento, frascos de remédio vazios, telas de cores furiosas, escuras e profundas. No centro, um banquinho. Embaixo dele, jornais. Em cima, uma forma retorcida.

Berta empunha um maçarico. Ela usa uma máscara de soldador no alto da cabeça. Diz alguma coisa e baixa a máscara, liga o maçarico e manda ver, faíscas saltam do ferro, ela me agarra.

Não é brilhante?, ela diz no meu ouvido, a voz mais grave, mais calma, sem ênfase. E me beija o lóbulo.

A peça parece derreter, um filamento incandescente salta da cabeça em brasa. Olho para o canto, onde há um triste penico entre as quinquilharias.

Ela continua tirando faíscas, ela vai fazer alguma coisa extraordinária. Para, ergue o capacete, fios de suor escorrem da sua testa, os óculos embaçados.

Fiz um bolo de fubá, diz, me olhando na altura do tórax. Baixou a máscara e voltou a derreter a matéria.

Ela estava encostada em mim, atenta, e eu virei o rosto e dei de cara com seus olhos azuis ou verdes refletindo os fogos de artifício da escultura.

Eu já suspeitava que fosse sair uma grande coisa daí, eu disse bem alto, voltando o olhar para Berta e suas luvas de amianto.

Andávamos entre as aleias de flores invisíveis e perfumadas, era cedo ainda, uma lua amarela flutuava fantasmagórica sobre a casa, no final do caminho eu me dei conta de que tudo, as flores escondidas e as silhuetas escuras e pontiagudas das plantas, o halo doentio da lua, a casa de concreto em formato de disco, dentro da qual figuras compridas trafegavam numa luz fria, tudo era a paisagem de um outro planeta.

Ele mandou o mordomo me receber. O mordomo calado caminhava a passos rápidos e duros, mastigando as pedrinhas do caminho. Via-se que não era sua função guiar as pessoas até a porta; assim que parei diante do elevador e ele apertou o botão, desapareceu.

Meu amigo estava no fundo da sala e eu precisava abrir uma clareira entre os visitantes de copos na mão para chegar até ele. Nenhum parecia muito interessado em nada, mas eu era o único mal vestido, e assim muitos repararam em mim com o rabo do olho. Ele nem se levantou: apertou minha mão de leve, o aperto mole, frio e visguento que era sua característica. Apresentou-me aos outros: um homem alto demais para me dar a mão, e por isso dobrado de forma quase imperceptível, mas incômoda; uma mulher de gargantilha que apenas desmanchou o coque e sacudiu o cabelo.

Sou um velho amigo de escola e ele me convidou para mostrar o que tem. E quem sabe não mudou de ideia no meio do caminho? Acabo sozinho, diante das amplas vidraças, de onde se adivinham as árvores na noite. A mão pintalgada e grossa de um antigo réptil se estende diante da minha barriga. É um homem alto, de terno escuro, que veio conversar.

Eu gosto é de viajar. Gosto de ir para qualquer lugar, ele diz. E aponta para cima, para o céu. Comprei um terreno na lua e é para lá que eu vou assim que liberar a papelada.

Fala sério, eu digo, e dou uma cotovelada de leve no seu fígado. A única coisa que me restava era beber, e eu tinha bebido bastante, tinha agarrado meu copo como se fosse um bote, e o levei até o banheiro, onde fiquei olhando meio zonzo para os sabonetes lindos coloridos. E depois joguei a bebida toda em cima deles; a bebida azul.

Na saída do banheiro, tive que abrir caminho entre outros homens altos, mas alguém segurou o meu braço antes que eu chegasse no elevador. Era o meu amigo, com o dono do terreno lunar.

Você não vai embora assim, vai? Ele também já estava meio bêbado e o braço réptil o amparava. O bolo tinha chegado num carrinho empurrado pelo mordomo, um bolo rosa, faiscando no topo. Explodiu o parabéns e eu entrei no elevador, adernando de um lado para o outro enquanto descia das altas estrelas.

Dava para respirar melhor no jardim; dava para ver melhor a paisagem. Era a floresta petrificada onde um zé-ninguém tinha botado os pés por engano. Então agarrei um caule espinhento e arranquei uma flor estranha, cujo perfume implacável ficaria no meu bolso por um longo tempo. Em casa, ela, que não tinha conseguido dormir, desamarrou o lenço manchado de sangue e beijou a palma da minha mão. Isso me surpreendeu, seu rosto pálido e sonolento era de novo bonito.

Depois ela colocou a flor dentro de uma garrafa, pôs no centro da mesa da cozinha, passou a feiticeira nas migalhas de pão que tinham sobrado do jantar, puxou uma cadeira e inclinou-se, amparando a cabeça nos braços, à espera.

Entre convidados e músicos que desciam as ladeiras do bosque depois da festa eu vi minha irmã. O longo manto de uma mulher arrastava uma coroa de folhas no rabo, grudadas com limo. Os sapatos de verniz de um homem, o tênis de um rapaz, tudo era alguma parte peluda e vegetal de alguma criatura da floresta. Alguém se abraçava de frio, e um grupo ajudava uma velhinha pálida e murcha a descer. Meus companheiros cansados carregavam os instrumentos de chumbo, e nessa hora a melhor coisa a fazer era tocar pífaro, que não havia na nossa banda; maracas; mas não bateria e cordas, qualquer instrumento de corda, tudo tornava nossos braços imensamente compridos e tudo que a gente queria era se enfiar numa cama.

Minha gravata borboleta queria levantar voo, então a afrouxei. Meus dedos formigavam. Foi aí que avistei minha irmã, quando olhei para trás, estacionado no meio da ladeira, estalando meus dedos dormentes. Ela se esquivou entre as árvores, conversava animadamente com alguém.

Quem poderia ser? O que ela fazia ali? Por que tinha sido convidada? De onde tinha saído aquele vestido preto, cujas lantejoulas cintilaram quando olhei para ela?

Eram os seus óculos de armação pesada, o nariz comprido, o penteado de cacatua. A pele do seu rosto coberta de pó. Seu jeito de agitar os braços, como uma ave na água. E meus olhos fechando pelo peso da noite. Com quem teria deixado os meninos? E o que achou de mim, tocando? Quantas vezes teria me visto tocando? Não me lembro, estou cansado para ir atrás dela, inclusive.

A lua sobe muito alto. Debaixo da lua, minha irmã reaparece lá embaixo, o vestido brilha, ela carrega o rabo do vestido, que deve estar cheio de hera, folhas secas e limo, e não para de falar, como sempre. Ela vai jogar na máquina de lavar esse vestido? A pessoa que está com ela caminha no escuro, não se vê nem os punhos da camisa, as mãos nos bolsos. O homem só ouve. Quem é?

Eu bocejo e não estou triste porque ela desapareceu em seguida; ela sempre soube se cuidar.

Eu não gosto de tocar em mansões que imitam castelos, em bosques que imitam florestas.

Eu não gosto de entrar num smoking de madeira que não me quer dentro, a gravata mais borboleta do que o normal torcendo as asas no meu pescoço, a ponto de fugir.

Graças a Deus minha irmã esteve aqui, sua conversa sem fim.

A vida por aqui segue o seu curso natural, se é que a vida tem mesmo um curso natural, sendo tão estranha.

De manhã estou mudo e ela levanta de cara amarfanhada e os cabelos em pé e fuma o primeiro cigarro na janela, muito educada. Escovo os dentes e ela escova ao meu lado, fechando os olhos e dormindo em pé de vez em quando, porque nem o cigarro conseguiu acordá-la por inteiro ou então porque ainda dormem os seus olhos e os seus pés. Nossas cabeças batem na pia ao cuspirmos juntos a espuma da pasta de dentes. Eu então estarei doido para tomar o café e ir embora, e se ela não insistir não vai ganhar nem um beijo, mesmo que porventura a gente tenha passado a noite transando e silenciando sob a nuvem de fumaça que ela não se cansou de lançar para o teto até apagar, exausta.

Talvez, ao sair, eu reclame das frutas podres na fruteira e do telefone que está mudo como eu, e aí irei ao encontro do ar puro da manhã.

Mas ela não leva a mal um tipo tão ranzinza, que mesmo na luz quente do sol só vai se sentir bem disposto se atravessar o parque, um desvio de percurso, um caminho muito mais tortuoso só percorrido quando tudo ainda está muito enevoado aqui dentro e eu acabo me perdendo.

Na copa das árvores o sol pisca para quem anda nas alamedas, lança em nossas roupas esferas amarelas. O dia afinal está começando, e as maritacas gritam em revoada que tudo está começando, e se os sapatos que eu calcei forem os mais velhos, melhor ainda; vou pisar sem dó em todos os gravetos e folhas secas do caminho com minhas passadas independentes, caprichosas e vegetais.

Nesses momentos penso em você, no sonho de onde tirei você, onde você esteve dormindo. E digo umas coisas, ouço o que você diz, presto uma atenção tão grande ao que você diz que sei de cor cada palavra. E assim não chegamos a lugar nenhum, o que não importa.

Ontem, hoje, amanhã eu converso com você nos sonhos, e só quando você acorda o dia começa de verdade, a brisa da manhã bate nos seus cabelos curtos tingidos de vermelho, alguns fios acenam; seu perfil de afresco, de lado-cara da moeda, sua orelha pequena e labiríntica, seu corpo que deixou minha cama agora há pouco e ainda sinto sexo nele.

E tenho certeza que você disse isso mesmo a certa altura, "Não sei para onde vou, mas vou chegar aonde quero ir"; pois é lá que eu vou chegar também. É o que eu respondo maravilhado, ainda mudo, e se alguém me ouviu, esse alguém foi você. É a vida que já vai começar quando me perco nas profundezas do parque e estou calçando esses sapatos de amanhã.

A fachada de tijolos antigos — cada tijolo vitoriano perdido, cem libras.

Ele vai para a rua segurando o violão. De terno e gravata, os dois; ele e eu, logo atrás. Parados na calçada, diante da parede que deve ter pertencido a um depósito, ali também os tijolos vitorianos de cem libras cada. "Pela glória do samba", como escreveu num postal da Alemanha, em outubro de 1992.

Estamos aqui para fotografar. Fotografia é uma coisa muito importante: a pessoa vê e imagina o que vai ouvir quando levar o disco para casa. O ano é 2001.

Muitas fotos de cara feia. Ele ainda padece sob os efeitos do remédio. O sol bate direto na testa grande, e queima. Sua mulher nos fotografa. É assim tão doméstico quanto gravar em casa. Vamos entrar.

Depois, no jardim dos fundos, no quintal onde bem poderia aparecer uma lebre com uma xícara na mão, o buraco nos arbustos onde daria para entrar e desaparecer, ela ainda tira fotografias.

Sua ideia dos ternos de João Gilberto. Elas vão sempre por aí, estranhas no começo, cheias de sentido no final. Não é uma espécie de disco de MPB?

É isso que gravamos na sala de visitas: uma espécie de disco de MPB.

Numa das canções, ele copiou as cordas de um disco de Elizeth Cardoso. Outra tem um pandeiro, que ele mesmo tocou. Outra tem corais múltiplos d' Os Cariocas — quer dizer, ele multiplicando sua imitação d'Os Cariocas. E assim por diante.

Na canção das cordas roubadas de Elizeth, ele fez uma voz de castrato. Um estranho castrato alemão que assombrava um castelo da Baviera (quando estivemos juntos num castelo que para mim era o castelo de Ludwig, um alemão furou a fila e ele espinafrou o compatriota. 1996).

Assim, um disco foi gravado em três dias.

Certa vez saímos para comprar comida tailandesa. E ele disse que o M. tinha câncer na boca. Foi um choque profundo. Disse que o odor do câncer ficava impregnado no quarto.

M. estava fazendo quimioterapia num hospital da Unicamp. Sofria o diabo. Isso e outras poucas coisas, embora importantes, eram o que tinha sobrado do nosso tempo de rock. M. era um tipo de Keith Richards com a mesma Fender Stratocaster branca. Alto, magro, cabeça grande e redonda, olhos azuis assustados, cabelo de tocar guitarra na beira do abismo, mais para criança do que para homem.

Aprendeu inglês com os Beatles e os Stones.

Desmaiado antes do primeiro show do Número 2 em São Paulo, ninguém conseguiu acordá-lo, nem mesmo um copo d'água na cara. 1984.

O Número 2 só tocaria uma única vez em Brasília. O nome saiu de um filme do Godard; um quarteto com duas meninas no baixo e na bateria era tudo o que você queria ter naquele tempo.

Lição número 1 do Número 2: a foto de divulgação. Primeiro, a boa foto da banda, em preto e branco (em cor saía mais caro). Lição número 2: não deixe o guitarrista apagar porque tem medo do palco.

E assim foi o nosso primeiro show. Éramos a segunda banda da lista.

Entre as 30 pessoas da plateia, todas de preto, Arnaldo Baptista, dos Mutantes. O que é que ele foi fazer lá? Era ele mesmo? Sim, talvez, tomando guaraná sozinho numa mesa de canto, girando o copo no ar, o olhar perdido e manso.

Não era nem boate nem bar, era um lugar estranho, improvisado, uma casa de madeira. Agarrei o pedestal do microfone e mirei um ponto vazio no final do salão. Tomei um choque na boca.

Agora, esses dois homens vestidos de João Gilberto voltam das suas fotos de divulgação. Ele vai com o violão no ombro. E eu sou o italiano amarrado em bossa nova que segue atrás dele — sempre haverá um.

Os dois homens tiram os paletós na sala. Faço um rascunho do desenho da capa, é assim que será.

Não sei por que perguntei sobre uma música do Milton chamada "Catavento". Nela, o cantor só faz os lá-lá-lás metálicos. Por que sempre significou alguma coisa para mim? Uma flauta quase doce, o giro do galo no telhado, sobre a seta que aponta os quatro cantos, catando o vento coisa nenhuma, sendo empurrado por ele, como tudo na vida. Catave ntos, engraxates, vitrolas coloridas, afiadores de faca soprando flautinhas de Pã, LPs, essas coisas que estão desaparecendo passam pela minha cabeça enquanto a música toca.

A voz de Milton vem do fundo de uma igreja. Certamente ele foi um garoto do coro em Minas, entre santos barrocos de olhos vazados.

Minas é o conforto dos morros, onde se canta numa acústica magnífica. Minha mãe é de uma cidadezinha que só tem uma linha de trem cercada de montanhas, com um pequeno Carnaval acontecendo lá dentro.

Claro que não digo nada disso a ele. Esse tipo de conversa é meio aborrecido entre homens.